아버지의 해방일지

父亲的解放日志

[韩]郑智我 著　林明 译

新经典文化股份有限公司
www.readinglife.com
出 品

父亲死了。

一头撞在电线杆上死的。

严肃古板地活了一辈子,最后竟然撞在电线杆上,结束了他一本正经的人生。

这不是愚人节的玩笑。就算是愚人节,我们家也不会开这样的玩笑,不会出现这样的幽默。还幽默呢,幽默在我们家就是禁忌。当然,这并不是说幽默在我们家不存在。任谁都觉得好笑的事,我的父母都很郑重其事,就像视死如归的战士一样,这才是我家的幽默。不过,真要说有幽默吧,也只能说他们那种万事带着革命精神、一本正经的态度和生活方式本身就是一种幽默。虽然说不上来为什么,但确实挺好笑的。比如这样的事:

那是我高中的一个寒假。我的父亲高尚旭,曾经的游击队员,吃了快二十年的牢饭之后,选择远离资本主义的中心首尔,回到既不通车也不通电的老家扎了根。一个视资本主义为敌、终生信仰社会主义的人,回到了连资本都没有的山沟沟,说来也是一种幽默。不过也是,你说在独裁政府掌权的韩国,社会主义者还能上哪儿?于是,眼看就到花甲之年的父亲成了一名新手农民。作为一名社会主义者,父亲有时还是可圈可点的,但作为一名农民,只能说一塌糊涂。他是典型的社会主义者,也是意识先行的农民。父亲热衷于《新农民》杂志,把它奉为行动指南,一板一眼地照着里面的指示播种、除草、施肥。母亲给父亲干的农活儿起了一个名字,叫"纸上种田"。

"《新农民》让他什么时候除草,他就非得等到那个时候,也不管那草长得多高。你管它《新农民》说什么,草长出来了你就得拔,种田哪能照书上种啊?"

但无论母亲怎么唠叨,父亲就是对纸上的文字坚信不疑,毫不动摇。可能正是出于这种对文字的信仰,父亲在读完《共产党宣言》之后,成了一名社会主义者。

"专家要是什么都不懂的话,他能那么写吗?"

看到父亲戴着老花镜,一头扎在那《新农民》之类的农业书里,母亲咂着嘴,拿起镰刀走了出去。

母亲帮忙的时候多少还好一些,否则光靠父亲的纸上种田法,结局就是年年歉收。那年冬天就是如此,他们只能吞下收成惨淡的苦果,靠剥生虫的栗子熬过漫长的冬天。栗子剥到一半,我那没耐性的父亲就屁股痒痒跑出去了。除了思想学习外,他对任何事情都是三分钟热度。直到太阳落山,灰压压的影子慢慢占领了这个巴掌大的村庄,父亲才回来,屁股后面跟着一个来路不明的女人。

我正觉得冬天山村里往来的只有西北风,太过冷清,无聊至极,这下来劲了:难不成父亲终于也动了些歪心思?莫非我要有同父异母的兄弟姐妹了?那来都来了,不如来一个富得流油、未来会给我分一大笔家产的"小妈"吧!我抱着看好戏的心情,悄悄把房门打开了一条缝……啧啧,那个女人头顶着个箩筐,不管是长相、身材,还是穿着打扮都跟我理想中的小妈相去甚远,根本不是我母亲的对手。怎么说呢,看起来就是一个最典型的劳动妇女,完全引不起我的兴趣。我对父亲看女人的眼光多少有些失望。一股寒风吹来,我打了个寒战,啪地把门关上了。

大胆的父亲把女人引进了卧房,说话还很温柔。那种语气对我母亲都没用过。我们家住的是父亲年近花甲才置办的第一套房子，两个房间都只有巴掌大，隔壁卧房里的对话就跟在自己耳边的悄悄话一样，听得一清二楚。

"她说自己来卖箩筐，一不留神晚了，回不去了。这大冬天的，也没个地方住。我看她在堂山树下擤着鼻子不走，就把她领回来，让她在我们家住一晚。你赶紧先做饭吧。"

"真的很对不住啊，不用特意准备暖和的房间了，就是牛棚也行，就住一晚，给你们添麻烦了。"

别看这女商贩样貌粗陋，声音倒是像刚煮好的糯米饭一样香甜软糯。看来不管是不是社会主义者，但凡是个男人，遇到娇嫩柔美的女人，都得沉醉在这温柔乡里。听着卧房那边的对话，我的脑海里印刻下了一个在今天看来也极其现实的结论——人类的本性，或许比社会主义更强大。也就是说，种瓜不一定得瓜，种豆不一定得豆。就算与父亲这样一个社会主义信念深入骨髓的人血脉相连，被他养育长大，我还是成了一个彻彻底底的现实主义者——即便在别人眼中，我就是一个游击队员的女儿。

"牛棚什么牛棚，这不有两个房间吗？你就当作是自己家，安心睡一晚。愣着干吗？还不赶紧去做饭！"

父亲的呵斥最终以一句低沉的"哎哟"结了尾。不用想也知道，肯定是母亲掐了一下他的大腿。之前每次父亲把家里的柿饼随手送人的时候，母亲也是这样掐他大腿的。要知道，那些柿饼可是母亲忍着腰疼辛辛苦苦做给我吃的。母亲没用绳穿柿子，而是直接晾在架子上，所以每天要翻动几十次。遇到突然下雨，农活儿干到一半也得一口气跑回家，先把柿饼给收了。可家里来客人时，父亲总是毫无眼力见儿地随手就往别人怀里塞上一大把，说是让他们尝尝。

"你来一下。"

话音刚落，老头老太两人就进了我房间。

"饭我可以做，但是睡觉你得让她去别的地方睡。我们家哪有房间给她睡啊？前面嫂嫂家不是有好几间空房吗？"

母亲生怕自己的话被客人听到，凑在父亲的耳边说。别看父亲当年被称为传奇革命家——在被国军包围的前一刻，凭着堪比半仙的直觉，从秘密基地逃了出来，救了谷城县的党组织——这会儿没了国军或警察的包围，他可连半点警惕心都没有。他完全没有意识到母亲耳语的意图，反而像浑身起了鸡皮疙瘩似的捂着耳朵大声说："怎么没有房间？跟孩子睡不就行了？！"

"你看你！别人都该听到了。也不知道她在哪里睡过打过滚的，怎么能跟孩子一起睡呢？要是让孩子染上跳蚤怎么办？"

母亲特别爱干净，连天花板上的煤烟渍都忍受不了，非得每个礼拜用勺子一点点抠下来才肯罢休。家里来了一个陌生女人，母亲最担心的却是跳蚤。父亲一脸严肃地望着母亲，说："你说，我们在智异山拼上性命是为了什么？不就是为了老百姓吗？她就是当年你誓死保卫的老百姓啊！"

父亲的眼神无比坚定又悲壮，要是有人把这一幕拍下来，说他是一个马上就要上刑场的独立运动将士，或是一个望着牺牲战友遗体的革命家，也不会有人怀疑。我差点笑出声，母亲却顿时气势矮了一截，默默地走出了房间。当年的我十七岁，看到父亲为了让一个女商贩在家里借住一晚，还要扯上老百姓；看到母亲听了这么几句话就瞬间没了脾气，不但没了脾气，还惭愧到涨红了脸，就觉得两人比我当时正在读的加缪的小说《局外人》更加陌生。

平日母亲因为腰疼，只能做一些简单的大酱汤和泡菜。那天她却把橱柜里珍藏已久的新碗碟都祭了出来，为那老百姓做了一顿她能力范围内最丰盛的晚餐，给她铺上了最舒适的被褥。

一晚上过去，父亲的那位老百姓给我留下了一身的跳蚤，还用一根橡木挑着顺走了半袋子大蒜。之后的一个月，我都在一边挠着身子，一边咒骂那个所谓的老百姓、埋怨着家里的那位革命家，但不时又嘎嘎笑出声。因为那被顺走的半袋大蒜就像是一种忘恩负义的象征，尖锐又赤裸。而那两个"受害者"却恰恰相反，坚决不认为自己遭到了背叛，只是惋惜了好长一段时间，感慨"要不是迫不得已，至于这样吗？"不仅没有因为对方的忘恩负义而愤慨，反而怀着期待，希望在未来的新世界里，老百姓可以不用为了饱腹而去偷半袋大蒜。但谁能保证那个女商贩不会用那偷来的半袋大蒜换回一盒蜜粉，把布满雀斑的脸扑得粉白粉白的，去勾搭有钱的老头呢？然而，我的父母做梦也不会想到这一层。他们是淳朴的社会主义者，是两个不懂世态炎凉的乡巴佬。

回想起来，出狱回归社会之后，我父母在生活中的一举一动就一直都是这副模样。父亲不只在政见上是一名社会主义者，在生活的方方面面都是社会主义者。就像我说的，父亲作为新手农民，在农活儿上可是一点儿耐性都没有。他常常一个钟头就回家一趟，喝一杯烧酒，读几行报纸，然后再回田里，往来得比搬粮仓的老鼠还频繁。每次回来，父亲的身上都沾满了各种野花野草的种子和泥土。母亲一看到父亲走进院子，就会立马跑上前，唠叨着让父亲抖抖衣服，脱掉袜子，洗洗手、冲冲脚。但这时的父亲也一副仿佛无所畏惧的样子，只是随手拍拍裤腿，就大步流星地进了屋。

"哎哟喂，跟头牛说几次也该听懂了吧，让他抖抖衣服洗个手，能有多难啊，非要跟人作对，我真是肠子都要被他气炸了。"

母亲一边埋怨，一边迈着小碎步跟在后面，把从父亲身上掉落到屋里的种子和泥土用手拢到一起扔掉。父亲刚才还一脸淡定地看着母亲收拾，这会儿也觉得母亲的唠叨有些过了，啪的一声把报纸摊开，提高了嗓门说："我看你就不是什么社会主义者嘛。"

就让他抖抖衣服洗洗手，跟社会主义有什么关系？连我都觉得有些莫名其妙，便放下手中的尼采，望向父亲。

"社会主义的根本是什么？"

母亲不疑有诈，还觉得这个问题的答案张口就来，脱口道："就是唯物论呗。"

"是吧！那你脑子是干什么用的？你想想，人是哪里来的？可不是什么老天爷随口说了一句'这里要有人'，人就从天上掉下来了。人是从泥土里生长出来的。

所以你刚才扫起来扔掉的、一直看不顺眼的，不都是我们人的起源吗？一个社会主义者，在生活里也得贯彻唯物论才行啊。"

竟然还扯到人类起源了……听到小学文化的父亲说起这些高级词汇来就跟说方言一样顺溜，我忍不住笑了出来。可能连母亲也觉得父亲这次从泥土扯到唯物论，有点太过牛头不对马嘴，所以没有乖乖服软，忍不住用父亲听不见的声音嘟囔："大道理倒是编得一套一套的，有那个时间早都把衣服抖干净了。"说罢转身出去了。

就是这样一个父亲，一个就连沾在裤腿上的泥土都当作人类起源、看得无比重要、不愿轻易掸掉的社会主义者，最终也尘归尘，土归土，回归源头了。一头撞在电线杆上，连人生的最后一幕都像极了他的风格，充满幽默。当然，恐怕一头撞上去的那一刻，他也不敢相信眼前戳着这样一个拦路虎。父亲坚信是老百姓一步一个脚印走出了人类的历史，而自己就是怀着这样的心境，认真地迈出了那一步。只是那里刚好戳着一根电线杆罢了，不经意地，偏偏就立在那里。真是绝了。

＊

三四个工人师傅抬着一些白色的菊花装饰走进了吊唁厅。菊花是母亲选的，标价二十万韩元。我当时说要选那套标价一百万的，但母亲一边流着泪一边说："孩子，人都死了，身子也是要烂在土里的，买那么贵的花有什么用？"

母亲果然是一个社会主义者，在做出了一个唯物论的结论后，她瞥了我一眼，坚定地选了一套最便宜的。虽然我只是个兼职的大学讲师，只能奔波在不同的校园里授课，赚点零星的课时费，但我想，这是父亲的最后一段路了，至少让他走得风光一些吧，如果把存折里的钱都掏出来，也不是付不起。不过我最终还是遂了母亲的意思。一来不知道是有信仰的人都这样，还是只有我的父母这样，总之不管是父亲还是母亲，固执起来都跟头牛一样，我可没有信心说服她；二来既然他们同为社会主义者，多半理念相通，想必父亲也不会因此遗憾。

黄老板从工人师傅背后露出了一截脑袋。

"欸，小妹。"

这个叫黄老板的，是经营这家殡仪馆的三名合伙人之一，一个小时前才刚和我打过招呼。这小地方只住着区区两万七千人，一打听就能发现，黄老板是我堂哥的同学，也是竭力建议将葬礼办在这里的朴东植——与父亲同为民主劳动党的同僚（在这一带不过百人）——没有血缘关系却胜似亲人的好兄弟。朴东植甚至在去年就非常有先见之明地帮我父亲把遗照都准备好了。昨天第一次见到他时，他就温柔又不厌其烦地声称自己把我父亲当作叔叔看待，让我把他当哥哥，那语气好像我跟他认识了十年一样。连母亲都好像觉得这是理所应当的，夸张地重重点了点头。所以我便在父亲临终之际，多了一个原本命里没有的哥哥。这么一来，一个小时前刚认识的黄老板也成了我哥哥了。送走了一个血亲，多了两个亲人，也不算亏本？我望着这个一小时前刚成为我哥哥的黄老板入了神。

"我要跟伯母打个招呼。"

依然是一副毫不见外的语气。也是，刚见面就把我当妹妹了，还能期待他突然懂分寸了不成？换作平时，我肯定立马拉下脸，驳上一句"我跟你很熟吗？"但这里毕竟是我父母的老家，又是父亲刚过世的日子，我不能任着自己的性子胡来。于是我扮演起了一个听话妹妹的角色，走去叫母亲。

不管是父亲撞伤脑袋后失去意识被送到顺天的综合医院时，还是在选择是否进行这场生死攸关的手术时，母亲都没有掉过一滴眼泪。医生说做手术的话，命是可以救回来的。母亲敏锐地听出了医生话里隐藏的深意："命"是可以救回来的……短暂的沉默过后，母亲问道："要是医生你的话，如果他是你父亲，你会怎么办？"

医生早就是老江湖了，就算面对母亲这样冒昧的提问，也依然面不改色。

"如果爱得够深沉，就算他变成植物人躺在那里也要守着他的话，那就手术吧。"

换句话说，即使手术成功了，也只能是个植物人了。我是看不顺眼医生这副嘴脸，不愿为自己的半句话负责，只会用动听的首尔腔调搪塞。但母亲完全没有把这些放在心上，不愧是社会主义者，不计较过去的细枝末节，她只在乎事情的本质。

"意识都没了，还算个人吗？不做了。"

爽快的社会主义者给出了爽快回答，爽快的首尔医生也爽快地转身离开了。由于父亲脑压高，压迫脑干，医生原本预测父亲还有一周到十天左右的寿命，但没过半天，父亲就撒手人寰了。之前母亲每次觉得父亲喝酒太凶，就教训他说，你没给孩子留下什么遗产就算了，还要让孩子守在你病床前照顾你吗？每到这时，父亲就会跳起脚来，大声呵斥道："要到了那份上，我就咬断自己的舌头死了拉倒，活着干吗！"

父亲向来说到做到，在"死"这件事情上也不例外。我还没来得及到病床前照顾，他就走了，就在我做好了要长期陪护的打算、回家收拾东西的那一小会儿。

父亲的遗体比我们晚一步到达殡仪馆，直到那时母亲才好像突然意识到父亲真的走了，痛哭了起来。

"妈，这里的老板说想跟你打个招呼。"

母亲哭得筋疲力尽，恍惚间没听懂我的话。结果黄老板一下子跪到地上，冲着失神的母亲行了个大礼。母亲赶紧停住眼泪，慌慌忙忙地回了礼。黄老板抬起头，眼里闪着泪花。

"高伯伯生前跟我很熟。"

母亲这才一下子放下了防备。跟一般的社会主义者不同，母亲对于陌生的人和事总有强烈的戒备，比较喜欢那些熟悉的、有历史的东西。其中最熟悉又最亲近的便只有社会主义和同志们了。几小时前去世的父亲每次批判北边，她都会像一只刺猬一样，瞬间把全身的刺都竖起来，任谁看她都是一个天生的社会主义者。不过，在母亲的认知里,社会主义就跟初恋差不多。换句话说,她向往的不过是建成一个女人也可以读书、穷人也能受到尊重的新世界罢了。这点要求,即使是崇尚新自由主义的韩国也能满足。所以,社会主义对于母亲来说,可能就跟初恋一样,是一段逝去的过往,因为逝去了才更令人怀念。痛哭过后的母亲泪眼汪汪地注视着眼眶湿润的黄老板,带着最后一点儿警惕问道:"你是怎么认识我们家老头子的?他认识的人我都认识啊……"

"大概十年前来找过高伯伯一次,问他知不知道我父亲的消息。"

母亲的眼睛里一下子有了光,好像有一只大手,把她拽回了过去那段魂牵梦萦的时光。

"你父亲尊姓大名?"

"姓黄,名吉秀。"

"黄吉秀……"

母亲望着空中陷入了沉思,好像曾经的悠悠岁月被风干了,一片片飘浮在眼前。她的神情像是乘上了一辆时光机,正驶往过去的智异山,或许脑海里正浮现出一张又一张已经过世的面孔。

"这个名字不认识啊……当年在山里都用的假名。是哪里人啊?"

"艮田乡无愁溪人,伯母你应该不认识。听高伯伯说,我爸应该是丽顺事件之后中枪走了的。说是前往稗牙谷的路上,渡蟾津江时中的枪。"

母亲对女商贩那个老百姓借住一晚都不高兴,现在却一把握住一个陌生男子的手,满怀深情地拍了起来。这种突然的转变,不管是当时的我还是如今的我,都难以理解。莫非所谓的思想就真的这么有力量,足以让人一下就完全接纳他人?可能至少在我父母身上是这样的。但我觉得这种毫无来由的亲密和包容,与那些有钱的上流阶层之间的纽带没什么不同。

"让你受苦了啊……没有父亲在身边。"

"那些日子一言难尽啊,吃的百家饭,穿的百家衣……"

黄老板的手被母亲握着,肩膀微微抽动,有一种来到别人的葬礼上用自己的人生苦涩换取他人安慰的感觉。

"都是生活给逼的啊……不说我也明白。我们都是这么活过来的。就是让你受苦了啊,肯定对父亲有不少埋怨吧?"

"小时候不懂事,确实是。恨不得把自己身上的血都换掉。后来长大了,好奇父亲是什么样的人,所以才去找高伯伯打听。"

初次见面的黄老板和母亲，就因为黄老板的父亲也是社会主义者，便打破了所有隔阂，建立了深厚的情谊，眼泪像坏掉的水龙头一样，一开始便止不住了。我觉得有些难以置信，但依然选择了冷静旁观。因为多亏黄老板的出现让母亲得以从父亲过世的悲痛中暂时解脱出来，或许真正获得安慰的并不是黄老板，而是母亲。你现在在做什么？结婚了没有？有几个孩子……这边母亲对黄老板"查户口"的同时，那边工作人员已经在父亲的遗照上装点了一圈白色的菊花。说起来，父亲生前是连花都不会多瞧一眼的人。

不对，仔细想想，每到秋天的时候，父亲的背架上除了软枣和野木瓜，还常常插着几株红透了的菝葜果枝丫，偶尔还会看到父亲的腋下夹着几枝浅紫色的野菊花，羞涩地探着小脑袋。菝葜果和野菊花又不能吃，父亲把它们摘回来的时候在想什么呢？在这个坚定的社会主义者看着这些花花草草的时候，他石头一般坚硬的内心深处，是不是也会有一个角落在慢慢熔化，流淌出些许青涩恋爱般的柔情？父亲过世后，我第一次湿了眼眶。我才意识到，社会主义者身份之外的父亲，对我来说是那么陌生，很难说我真正了解他。想到这里，眼泪顿时收了回去。

＊

我望着遗照中的父亲——"遗照中",这个词让我真切地感觉到,我不可能再在现实中看到他了,一时有些伤感。遗照中的父亲像往常一样注视着半空,眼神里充满了坚定,让沉浸在个人感伤中的我有些无地自容。

父亲总是让人有这种感觉。好像只要聊起漂亮衣服和裙子、化妆品、发型这一类同龄女孩子喜爱的琐事,或是因为这些事物感到幸福,都是一件令人失望、值得羞愧的事情;好像除了统一和革命、人类的进步之外,任何话题都不值一提。这种日子持续了好多年。我瞪着遗照中的父亲,莫名有些委屈。"那是你的问题啊,我说什么了吗?"我好像听到了父亲置身事外的反驳。遗照中的他左瞳孔望着正前方,右瞳孔盯着右侧四十五度的方向。

父亲有斜视,所以很难分辨他到底在看什么。好像眼神放空,又好像看穿了一切。大多数人都跟我一样,对父亲斜视的目光感到不自在,但成为斜视这件事当然不是父亲的错。

一九四八年初,父亲因为派发反对在三八线以南单独进行选举的传单被捕,警察在他的下体插上电线,对他电刑逼供。这不仅造成了他的斜视,还留下了另一个后遗症:那天之后,父亲便没法儿生育了。不过父亲却说:"在所有逼供方法中,电刑是最轻的了,因为你一下子就晕过去了。"

当时还是高中生的我问道:"那哪种逼供最痛苦?"

"把湿毯子罩在你身上,用棍子使劲抽,让你痛到想晕又不让你晕,真的是巴不得死了算了。而且这么打,还不会出现淤肿。"

父亲回答时,眼睛不知道是望着前方还是右侧四十五度的方向,他虽然看着像往常一样面无表情,但不知怎的,又好像有些兴奋。直到我自己年过四十之后才明白,原来痛苦的记忆也可以说得很兴奋。因为痛苦也好,伤心也好,都已经过去了,一去不复返了。承受住电刑逼供的那一天,或许也成了父亲灿烂青春年华中的一个瞬间。

医院诊断父亲因为电刑,精子失去了活力,无法再生育了。但有一天,父亲在市场的小酒馆里见到了一位过世战友的哥哥,正好是一名韩医大夫。闲谈中,父亲提到自己生不了孩子了,大夫便给他开了一副药方。你别说,父亲吃完药,我就出生了。那位姓崔的大夫因此也成了我们家公认的神医。说不定他还真的是神医,因为折磨了我三年多的痛经也是靠他的一副药方治好的。

我是在高一的时候,从父亲口中听说了我出生背后的故事。父亲说我来之不易、十分宝贵之类的,可能是看我不学习,怕我误入歧途,便以此来敦促我。但我却因此觉得自己好像不该存在于这个世界上。如果说夏娃是被蛇诱惑吃下了禁果,带来了人类的痛苦,那么父亲就是在崔大夫的诱惑下喝了药,最终造成了我的痛苦。当年十七岁的我是这么想的。也就是在那段时间前后,我在镇里的五岔路口附近见过一次崔大夫,没想到已经年过六十的他眼神比我还好,也不知道是不是给自己开了一剂什么灵丹妙药。总之他远远就看到了我,满脸带着笑容,快步迎了上来。但我丝毫不想面对这个把我带到这世上的元凶,赶紧转身钻进了巷子。

我后来才知道,崔大夫只有一个弟弟,早年丧母之后,他把弟弟背在背上像儿子一样亲手带大。而那个弟弟就中枪死在我父亲身旁,是我父亲把他的遗言带了回去。父亲告诉崔大夫,他弟弟让他"替自己好好活下去"。从那以后,崔大夫便把我父亲当成了自己死去的弟弟,而我自然也就成了他的侄女——那种如果他弟弟还活着,会带到他跟前让他疼爱、塞零花钱的侄女。我也是直到上了年纪,才意识到自己辜负了他的这份疼爱,有些过意不去。但那时他也早已离世，后悔也于事无补了。而我干出这种在无心之中给别人带去一辈子心灵伤害的事情，恐怕也不是一次两次了。人就是如此愚昧，父亲也不例外。

一九八二年五月十五日，在外地上学的我回家过周末。吃晚饭时，电视上正好播着韩国小姐选美大赛。我跟父亲都很快吃完了，只剩下肠胃不好的母亲，一口一口慢慢地把饭菜塞进嘴里，细细地嚼上几十遍。父亲在昏暗的日光灯下全神贯注地读着报纸，对黑白电视里年轻貌美的女人毫无兴趣。反倒是母亲好像特别羡慕电视里的那些女人，嚼着嚼着脱口道：

"哎哟，我们家娥依都可以去参赛了。"

这个稀奇古怪的名字"娥依"叫的就是我。"娥"字取自父亲参加革命的战场白鹅山中的"鹅"，"依"取自母亲的根据地智异山中的"异"。就因为这个名字，我吃了不少苦头。（其实父亲主要的战场不是白鹅山，而是白云山。之所以选了"娥"字，是觉得不管"白"也好，"云"也好，都不够女性化。也就是说，不管嘴上多么重视男女平等，父亲毕竟出生在一个半封建社会，无法彻底摆脱父权制的阴影，因此连起名字的思维都带着半封建主义的残留。）不管是学校里的老师，还是政务服务机构里的工作人员，叫到我名字的时候都会说："哎哟，这名字这么美，长得也……"结果抬头一看到我，话便硬生生地断在了那里。一般人绝对想象不到"娥依"这个名字的主人有着宽厚的肩膀，还有足以耍牛刀的壮硕身材——这样的体格对于一个革命战士的女儿来说，倒是再适合不过了。如果我的名字是什么"京淑""慧淑"的话，可能根本不需忍受这种落差带来的错愕和侮辱，但就因为我的父母为了纪念他们的青春，让我从小深受其害，而且还要继续忍受下去。

总之，母亲让我参加选美比赛的那句话我没有放在心上。就算年纪小，我也是有自知之明的，不至于傻到信以为真。但父亲报纸看到一半，还是忍不住不屑地大声说道："啧啧！你怎么能对小孩子说这种大话呢！"

这句话一下子激起了我的好奇心。我很清醒，知道自己长得并不漂亮。从小父母就没有给我买过色彩鲜艳的衣服，更何况他们自己就坚信，衣服这种东西有一套换洗的就够了。父亲出狱回来后，更是一年到头穿着从首尔亲戚那里接手过来的旧衣服，所以就算干活儿时也穿着衬衫和西裤。我至今还清晰地记得父亲穿着那件到处沾满了青柿子汁的衬衫拣栗子的模样。

我不是有意要效仿父母，但耳濡目染之下，我也就变得跟他们一样，毫不在意外表了。不过，听到父亲这么说，我突然有些好奇自己的样貌属于哪个档次，所以问了一句："那我的长相算什么水平？"

父亲像电视机里的评审一样，用一种因为失焦所以更显严厉的眼神，把我从头到脚细细打量了一番，好像我真的置身于选美大赛现场一样。最后他咂着舌头，把视线移回到报纸上。

"啧啧！下等中的上等吧。"

下等中的上等……也就是说，把上中下三等，分别又划分了三等，总共九等，那我就是其中的第七等。和父亲一个性子的我心想，父亲再怎么客观，毕竟是自己的女儿，至少会放水一个等级吧。所以客观来看，我应该是九等中的第八等。

问题在于，作为我的父亲，他不该这么说。俗话说，良言一句三冬暖，恶语伤人六月寒。身为父亲，可以说"人和人的底子不一样，所以有的人要化妆，有的人被称作衣服架子"等等。能说的话太多了，而不是将一把刀重重插在女儿的心口上。

因为父亲的冷峻评价，原本就对外貌不太在意的我更是从此断了所有念想，一直到三十三岁的时候都没用过任何护肤品，更不用说什么彩妆了。朋友多半觉得是因为我没钱,其实是我对父亲的话深信不疑。我真心觉得,下等中的上等就算化了妆又有什么用?给南瓜画上条纹就能变成西瓜了?有那些钱去买化妆品,还不如拿去喝酒。

老实说,我并没有因为父亲的评价而受伤,只觉得是怎样就怎样吧,但父亲的话还是在我脑海里挥之不去。因为我朦胧地觉得,那天的我和父亲之间,一定疏忽了什么,或许是对人生来说极其重要的事,虽然我至今还没有想明白它是什么。

遗照中的父亲依然一副若无其事的样子,眼神里写满了:"那是你的问题啊,我说什么了吗?"

*

每个人都有自己的苦衷。父亲有父亲的苦衷,我有我的苦衷,小叔有小叔的苦衷。有些苦衷只有自己知道,有些苦衷连自己都不知道。

我找着自己的手机,脑海里掠过这些想法。之前插在插座上充电的手机,现在怎么也找不着了。我只好用固定电话打了过去,过了好久,一个年轻男人接起电话。

我明明把手机插在插座上，甚至是哪一个插座都记得，真是见了鬼了。

"你好，我是手机的主人，请问你在哪里捡到我手机的？"

"呃，不是捡到的，是我爸给我的。"

"请问你父亲是……"

问到一半我就明白了，他的父亲就是民主劳动党党员朴东植。从医院到殡仪馆一直在场的只有他，应该是错把我的手机当成是自己的拿走了。我还得用手机发讣告啊，这下麻烦了。

"能让你父亲接一下电话吗？"

"他在睡觉。"

也是，从昨天下午到今天凌晨都在医院忙着办手续和准备葬礼，一宿没合眼，这会儿肯定累坏了，还是让他稍微睡一会儿吧。于是我让对方转达，请他父亲方便时把手机送过来，就把电话挂了。

我能记住的电话号码没几个。好在小叔家的号码已经二十多年没变了，就算很久没联系，我还是记得很清楚，因为他家的号码跟我家只差一个尾数。现在是六点半，婶婶应该已经出门干活儿了，小叔很可能还在睡。但他应该不会生气我清晨把他吵醒吧，毕竟他唯一在世的哥哥今天走了，一辈子就一次的事情。意外的是电话刚打过去，小叔就接了起来，嗓音明亮，完全不像是刚睡醒或宿醉的样子。

"小叔，我是娥依，我爸今天凌晨一点过世了。"

电话那边沉默了。父亲虽然有老年痴呆，但并不严重，不仔细观察的话很难发现，所以算是走得很突然。但小叔并没有吃惊地反问"什么？"也没有追问死因。

"现在安置在林业合作社的殡仪馆。"

话刚说完，电话就挂断了。不知道得知自己一辈子的冤家死了，会是什么心情？虽然我也曾觉得整个世界都在与我为敌，觉得意识形态在跟我作对，但我从来没有把一个具体的人当成敌人，所以很难去揣测那种心情。

父亲是小叔的仇人。因为父亲，小叔连小学都没毕业。不过严格说起来，这也不能怪父亲。丽顺事件[①]爆发之后，第十四团的军人进驻智异山。当时的掌权者为防止村民向游击队提供粮食和帮助，就将山里所有村子的村民都遣散了。不管是父亲这样的赤色分子家庭还是普通家庭，无一例外。当时还是小学生的小叔因此被迫

[①] 又称"丽水—顺天事件"，1948 年 10 月 19 日在韩国全罗南道丽水郡和顺天爆发的韩国国防警备队第十四团军队起义。

辍学，在各个亲戚家辗转借住。这只能说是时代的错，并不是父亲的错。但小叔一直认为，好好一个家被拆散，自己有书不能读，我的爷爷被军人杀害，全都是父亲造成的。

父亲出狱回到老家盘内谷村时，小叔始终把头扭向一旁，一句话都不愿跟他说。奶奶不时会送些我们家没种的红薯、高粱之类的作物过来，小叔每次发现都很生气，捧起一大瓶烧酒就往嘴里灌，最终喝得烂醉。奶奶不想惹小儿子不高兴，又牵挂当过县党委员长、最有出息的二儿子，心疼他时运不济，蹲了半辈子监狱，总想要给我们家送些什么，所以她总会趁着小叔醉倒或出门赶集时偷偷溜出来跑到我们家。从我记事开始，奶奶的腰就弯成了一把镰刀的形状。她提不了重物，就想出了一个法子，把草绳的一头绑在网袋上，另一头紧紧系在腰间，一路拖着把东西送到我们家。当时奶奶的牙齿已经掉光了，嘴巴都瘪了进去。走到我们家时，草绳都来不及解开就一屁股坐到了檐廊上，抚摸着我的头，嘴唇微微颤抖着冲我笑。网袋里装着高粱、红薯或土豆，有时候还会有些川蜷螺或早稻。看到奶奶坐在那儿瘪着嘴笑，父亲立马就急了："要是让尚浩知道，看你怎么办！又送东西过来！你快回去吧，让你别来了，就是不听！"

"我是拿过来给娃吃的。"

不管父亲说什么,奶奶就是不生气,只是抚摩着我的头,嘴巴颤巍巍地笑。在我的记忆中,奶奶总是在笑,小叔总是在发脾气,甚至有好几次,小叔专程跑到我们家里大发雷霆。

一九七四年的夏天,我刚过十岁,正在放暑假。天气特别热,母亲一直给我扇扇子,汗水还是止不住地流。我们一家人实在受不了了,便拿上几个蒸好的土豆装到篮子里,一起去了桥底。河边原本就比较凉快,再躲到桥底的阴凉处,就算天再热也能扛住。抵达桥边的时候,桥底早就被村里的人给挤满了。多亏奶奶早早来这里占了位,把我和母亲拽了过去,我们才得以在太阳七点钟方向的阴凉处坐了下来。虽然在那个年代,男人掌握着绝对的权威,但阴凉处是属于女人和孩子的。村里的韩大叔好不容易占到一小片阴影,身子藏在里面,腿露在外面晒着,不停地扇着扇子说:"美国也挺热的哈?"

父亲正呼哧呼哧脱着衣服准备跳进河里,一下没听懂韩大叔说什么,便回头看去。

"没听说吗?说是有个叫珀巴克还是什么的著名女作家,在摄影机前往自己脑袋上开了一枪,把自己崩死了。你说是不是给热疯了。"

父亲竟然听明白了他说的珀巴克是谁,一下子挑出了毛病,反驳道:"胡说什么?!珀尔·巴克①是去年老死的啊。"

"是珀巴克还是珀尔巴克,我可不懂,反正是尚浩这么说的。"

现在回想起来,那年代竟然还有这种闲情雅致,村里的几个乡巴佬嘴里聊的竟然是珀尔·巴克的死。总之,在奶奶旁边吃着蒸土豆的小叔猛地抬起了头。虽然坐在桥阴下,我却感到小叔的脸像是刚被喷上农药的辣椒叶一样油光锃亮。

"我在今天的《朝鲜日报》上看到的啊。"

当时村里的报纸还得靠邮差骑着自行车一份份地送,所以所谓今天的报纸自然是前一天的。父亲扑通扑通走在河里,随手又补了一刀说道:"那就是你看错了呗。"

明明捕鱼的本事还不如七岁的外甥,父亲却撒起了渔网,笨拙地捕起鱼来,陶醉在戏水中了。留下我提心吊胆地看着旁边的小叔慢慢咬住了下唇,将手里的土豆一扔,转身跑回了家里。小叔后来没有回来,所以年幼的我也猜到是他看错了。

---

①Pearl S. Buck (1892—1973),美国知名作家,中文名又译为"赛珍珠"。1938 年获诺贝尔文学奖。

第二天一早，我就听到一阵叫喊，打开房门，看到父亲像块石头一样坐在檐廊上，旁边的小叔喝得酩酊大醉，正摇摇晃晃地指着父亲的鼻子破口大骂："你是因为太能干了，所以把家都败光了吗？你把家都搞垮了，把别人的人生都毁了，不老老实实地待着，还觉得自己了不得了，说三道四的，巴不得别人都把我当傻子是吧？啊，让我把脸都丢光了，你倒是睡得挺好哇？"

小叔的手里拿着一瓶烧酒。他指着父亲骂的时候，透明的烧酒从那瓶子里不停地飞溅出来。清晨的第一缕阳光洒进我们家的小院，也照在不停洒落到地面的烧酒上。烧酒瓶反射出灿烂的光芒，笼罩了醉醺醺的小叔。他好像被那阳光开了一枪，扑通一声往后倒了下去，在地上摊成了一个"大"字。

那天我去村长家，把《朝鲜日报》翻了个遍，最后找到了一条新闻简讯：

> 7月15日，美国著名主持人克里斯汀·查巴克在新闻播报过程中掏出手枪，往自己的太阳穴上开了一枪，自杀身亡。

原来是把查巴克看成了珀巴克，又误以为是珀尔·巴克。也不知道从小叔嘴里说出来的时候是查巴克、珀巴克还是珀尔·巴克,但可以肯定的是,他说了自杀的人是个"著名作家"。毕竟韩大叔大字不识一个,不可能知道珀尔·巴克是个著名作家。那么,这场导致弟弟冲着哥哥破口大骂的风波,又是谁的错?十岁的我紧锁眉头,望着报纸陷入沉思。

小叔爱读报,报纸读得是很认真,但要不看走眼,要不就是随意解读,结果在别人面前出了洋相,就怪罪到父亲身上,总是这样。当时在读高中的我,性格和父亲一模一样。我冷峻地认为,爱抱怨的人本身就是失败者。所以之后我总像看牲畜一样看着小叔,觉得他就算和我流着同样的血,也不过是个总爱怪罪他人的失败者罢了,比他怪罪的对象还要没用。更何况,他又一直都是醉醺醺的。

小叔也是个农民,却总要等到晌午才艰难地拖着宿醉的身子起床,吃完婶婶做好放在炕上的早饭后,才慢悠悠地准备农活儿,比那要被拉到屠宰场的老驴还磨蹭。然而他做的第一项准备,既不是拿镰刀,也不是拿铁锹,而是走进院子,从堆在角落的木箱子里抽出五瓶烧酒装到背架上——那就是他每日的食粮了。到了地里后,小叔会扫视一圈,估摸一下当天的工作量,安排好之后,每隔一个垄或者两个垄摆上一瓶烧酒。而这时，婶婶早已在田里跟其他男人一样种着水稻，忙得汗流浃背了。说白了，小叔摘辣椒、割苏子叶纯粹是为了喝酒。一旦把五瓶烧酒喝完了，不管几点，当天的农活儿就算是干完了。回到家后，小叔的一天才真正开始。他会一瓶接着一瓶地喝酒，直到瘫倒在地。不过说来也奇怪，他一喝醉，就会乖乖倒下睡死过去，只是偶尔才会来找父亲的麻烦。除了父亲，小叔不会去招惹任何人，不管是喝醉了还是清醒着。

小叔来找父亲麻烦的原因不外乎刚才说的那几样。比方说自己听信了父亲的话种了红薯，结果都烂在了地里之类的。当然，平常他连话都不愿跟父亲多说一句，所以自然也不是听信了父亲的话才种红薯的，是因为父亲说服了周围的村民种红薯，小叔看到大家都种，也跟着种罢了。总之，事情办好了是自己的功劳，搞砸了就是父亲的错。我一想到小叔这辈子就是这么活过来的，也就好像理解了电话那头的静默。小叔就像一头被拴了一辈子的牛，牛绳是他哥哥。现在那条牛绳被解开了。以后小叔会怎么生活？此刻他恐怕也在空着肚子灌着烧酒吧？年近七十，第一次面对这个没了哥哥的世界，一个没人可怪罪的世界，难免有些恐惧。小叔能战胜那恐惧来参加父亲的葬礼吗?就算他不来,我的父亲,那个像石头一样坐在檐廊上默默忍受着弟弟狠话的父亲,或许还是会一如既往地借酒消愁,反复回味那些我不知道的人生之苦吧。

我一边想,一边看着父亲的遗照。他自然还是那副事不关己的神情,眼睛漫不经心地望着一个我无法知晓的方向,好像在说"那是你的问题啊"。也是,父亲有父亲的苦衷,小叔有小叔的苦衷。但人不就得要努力去体察他人背后的苦衷吗?那父亲这样高高挂起,岂不是太不应该了?这时我又希望,干脆让小叔像查巴克自杀那天一样,醉倒在地上摊成一个"大"字,来不了就好了。

*

智异山被厚重的云雾笼罩着。太阳升起后,高耸入云的老姑坛峰才会揭开面纱。父亲总是在凌晨四点之前就醒了,就在那清晨来临之前、天色最黑的时候,他常站在阳台上抽烟。如果是光天白日的话,一定能看到远处绵延的智异山脉和老姑坛峰,但在凌晨,映入父亲眼帘的应该只有浓厚的夜色。我突然想起黑暗的阳台上父亲那消瘦的背影，几缕白烟在他的头顶萦绕着融入夜空。在我看来，那画面就像父亲的人生一样悲壮。但那一刻的父亲，表情或许是一如既往的淡然。

在我的记忆里，父亲总是如此。一九九一年，比柳宽顺义士①还大两岁的奶奶去世时，他也是这个样子。不管是跟在灵车后面前往墓地的时候、整理奶奶遗物的时候，还是在遗物当中发现一张自己的小学毕业照被奶奶爱惜地缝在布片上的时候，他都格外淡然，好像在迎送一个邻居家的老太太。

父亲年轻时目睹过不计其数的死亡。结束补给争夺战后回到根据地，看到战友们身首异处、横尸遍地——说这些的时候，他的眼睛似乎望着过去那个场景，语气波澜不惊。米兰·昆德拉说，追求不朽是艺术的宿命。但在我父亲看来，淡然接受消亡就是人类的宿命，而人类唯一能够用来对抗消亡的武器不是个人的不朽，而是历史的进步。

今天是劳动节，晨曦中的智异山跟往常一样静谧又庄严，并没有因为那个守卫过自己、在自己怀抱里度过青春的男子的离去而有所不同。现在是七点，盘内谷的

---

① 柳宽顺，1902 年生，朝鲜半岛女性独立运动家，1920 年于抵抗日本殖民统治的"三一运动"中牺牲。

亲戚们应该早就起床去照看田地了。我不是很确定几点给他们打电话才合适，要是正好赶上他们吃早饭的时候发讣告，恐怕有些失礼。

这时，西施川旁，晨雾渐渐消散的双车道对面，依稀出现了一个身影，是个与父亲年纪相仿的老人。我还没给任何人发过讣告，那个人却朝我走了过来。在这个叫求礼的小乡镇，口耳相传有时候比电话还快。老人大清早便穿上了黑色西服，径直走进了殡仪馆。母亲因为脊椎管狭窄，行动不便，好不容易才扶着装吊唁金的箱子站了起来。

"您是怎么知道的，这么一大早就赶过来了啊？"

"昨晚看到尚旭被送上救护车了。"

突然失去了从小一起长大的好朋友，老人的表情却跟平日的父亲一样波澜不惊。他在挚友的遗照前熟练地行了两个大礼。生平第一次成为丧主的我连忙回礼。

他没有自报家门，但我一下子就猜出了他是谁——朴汉宇教官。

朴教官是中央国民小学第三十五届毕业生，跟我父亲是同学。这一届的毕业生之间感情很深，其中一位开了一家钟表铺，名字就叫作三五钟表铺，那里也就成了第三十五届同窗会的办公室。父亲有事没事就往那里跑，跟大家都相处得很好，当然最熟的还是朴教官。

每天凌晨四点，不管外面是倾盆大雨还是鹅毛大雪，父亲都会惬意地点上一支烟，抽完后骑上自行车，前往报刊发行站。那家站点同时发售《韩民族日报》和《朝鲜日报》。① 凌晨四点刚过，父亲就会走进发行站，像回自己家一样，毫不见外地帮着邮递员把各种传单塞进报纸。快忙完的时候，朴教官就会准时出现在门口。

"要来你不早点来帮个手，活儿都干完了你才来。"

"我能跟你一样吗？好歹我也是个订报人啊，花着自己的钱堂堂正正买来看的！"

父亲每天靠着在发行站帮忙，换来一份免费的报纸。朴教官对此心知肚明。

"那你怎么不在你暖和的家里待着，找什么麻烦，天还没亮就屁颠屁颠地跑过来？你这个老头子，一不小心该着凉了。"

朴教官也跟父亲一样闲不住，起得早，耐不住无聊，便自己跑到发行站来领报纸，顺便见见亲密无间的老友。父亲一把夺过朴教官订阅的《朝鲜日报》，哗啦啦翻看

---

① 《韩民族日报》是韩国的大报之一，内容基于社民主义。《朝鲜日报》是韩国主流报纸之一，内容覆盖了政治、经济、文化等方面。

了几下,立马又丢回朴教官手里,说:"这种反动报纸有什么好花钱看的!趁着这次换成《韩民族日报》吧。干了一辈子的驻校教官,还净干些妨碍民族统一的事,现在也该醒悟了!"

"要换你换!给别人知道你一个赤色分子在读赤色报纸,让你吃不了兜着走。"

两个老人家每天早上就这么拌着嘴过着晚年的生活。父亲攥着报纸回到家,总会在母亲和我的面前骂骂咧咧地说,这个家伙,干了一辈子驻校教官,竟然只看《朝鲜日报》。这些话我听到耳朵都起茧了,有一天实在忍不住问道:"意见不合就不要见面好啦,又不是小孩子,每天吵架还要每天凑在一起,图什么啊?"

父亲依然像往常一样坐在炕头,唰地摊开报纸说道:"论人吧,还是他最靠谱。"

大概在父亲看来,思想跟做人是两码事。以前他也说过这样的话。跟父亲在光州监狱一起服刑的一个同志是大地主的儿子,总是有人给他送来丰盛的饭菜。父亲因此常常数落他,说他把这些外来的饭菜藏在厕所里,一个人在那里吃得跟头猪一样,算不上真正的革命家。

"以前跟'耶和华见证人'们关在一起,那些人都不吃独食。看到穷苦的人没人送饭,还给他们分着吃,一个也没落下,一视同仁。宗教这时都更强些。"

正因如此,虽然朴教官跟父亲志不相同,却心意相通,两个人像一对老夫妻一样拌着嘴,给父亲的晚年带来了许多乐趣。

朴教官吊唁完之后坐到了桌子前。我跟他通过两三次电话,今天是第一次见面,但对于他过去那段不亚于我父亲的艰苦岁月,我恐怕比他的儿女更了解。

朴教官的哥哥跟我父亲同在一个游击队,死在了智异山里。他的两个姐姐也是在山里死的,最后连尸身都没找到。朴教官在首尔读高中的时候被强制征兵,偏偏纳入首都师团,在一九五一年冬天被派到了智异山。或许是命运的捉弄,当时在全罗南道党组织的父亲被调到了南部军,两人便成了战场上刀枪相对的敌人。

首都师团的进攻相当猛烈,父亲侥幸才活了下来。开春后,父亲在碧霄岭附近的一处竹子堆里发现了几箱美军的战斗口粮。准确地说不是父亲发现的,是一名队员看到后兴奋地带了回来。箱子里面发现了一堆朴教官的信件,被一层层塑料布包裹得严严实实。

"大哥信宇、二姐福礼、三姐福喜、尚旭,每次要开枪的时候,我的手都抖得厉害,扣不下扳机。

就算枪口朝天,也担心会有倒霉的人被掉下来的子弹射死。我每天都在祈祷不要有人在我的枪下死掉。请你们一定要活着回来。一定要活下来,活下来,一家重聚。"

不幸的是,最终只有我的父亲活下来见到了朴教官。朴教官总觉得,说不定自己的哥哥姐姐还有朋友们就是死在自己枪下的,所以他一直怀抱着自责留在了军队里。父亲其实无法理解,一个人以敌军的身份,跟自己在游击队的兄弟姐妹站在了同一个战场上,为什么还会选择继续留在敌营。总之,朴教官转为预备役之后,还是以一名驻校教官的身份挨过了漫长的岁月。

"在军事独裁政府底下当什么驻校教官啊!你哥在坟里都得跳起来了。"

父亲从来不懂得掩饰内心的想法,每次见面的时候都忍不住炮轰他几句。结果有一次朴教官突然就掉了眼泪,说道:"尚旭啊,你知道什么叫无能为力吗?"

父亲顿时沉默了,朴教官止不住地淌着泪水。这是父亲第一次喝醉的时候告诉我的。他整个人摇摇晃晃地靠在我的身上说,朴教官喝下去的烧酒,好像都成了眼泪。那时是冬天,我正上高二。对于一个心怀自责,觉得是自己杀死了兄弟姐妹的人来说,"无能为力"是什么意思呢?这个故事在十七岁多愁善感的我心中留下的印记,在岁月更迭中愈加清晰。我不时会想起"无能为力"这个词来。直到现在,我还是不知道朴教官为什么会这么说。但他无能为力的人生,还是会在我的生活里激起层层的涟漪,即便我从来没有见过他。而或许这之后,他需要承受的又是一段无能为力的余生。

我不知道朴教官爱喝什么,便取了一瓶水、一瓶雪碧和一瓶可乐放在桌上。朴教官只是把水握在手里,没有喝。

"我一会儿再过来。现在还没有通知任何人吧。等通知了以后……一块儿再……再过来吧。"

" 块儿再……再过来吧"——句子之间的短暂沉默让我心里有些沉重。或许这就是一个活了大半辈子无能为力人生的男人会有的深沉吧。不知道今天清晨他有没有去报刊发行站呢?说不定扑了个空,没有看到前天还跟自己拌嘴的老朋友,便独自带着《朝鲜日报》回了家。我突然有些好奇,朴教官为什么订了一辈子的《朝鲜日报》?究竟是出于一种笃信还是一种防备?我无从得知。

我也没有问，只是默默地把他送了出去。他挥了挥手示意让我回去，又突然停下了脚步，从衣服内袋里掏出一个信封。

"差点给忘了，我就是为了送这个来的。老了，也不是老年痴呆吧，但总是爱忘事儿。"

这要是吊唁金的话，我也不好意思一下子就把它接过来。我正尴尬着，朴教官把信封塞到了我手里，转身走了。每次要去参加别人葬礼，我都很费神，琢磨着要包多少钱才能准确地表现出我们之间的关系。我会悄悄问问别人都包了多少，然后计算着普通关系要包多少，有诚意一点儿就加多少，要打一辈子交道的话就得包个大的让对方终生难忘。一直如此。所以在朴教官走出我的视线之后，我立马打开了信封，想看看在朴教官心里，我父亲有多重的分量。一个五百韩元的硬币刺溜一下滑出来掉在了地上。原来不是吊唁金。

信封里一共有十七万零五百韩元。

底部用小字写着：

> 4月25日，四千元（烧酒一瓶，爱喜香烟一盒）
> 4月26日，四千元（烧酒一瓶，爱喜香烟一盒）
> 4月27日，四千元（烧酒一瓶，爱喜香烟一盒）

4月28日，四千元（烧酒一瓶，爱喜香烟一盒）

4月29日，四千元（烧酒一瓶，爱喜香烟一盒）

4月30日，九千五百元（餐费4000×2=8000，烧酒一瓶1500元）

是支出明细。是我不久前给他汇的那二十万韩元的余额。

*

四月二十四日，也就是八天前，父亲给我打了一个电话。父亲这辈子主动给我打电话可能还不够十次。最后的三次还是在他患了老年痴呆之后的一年间集中打的。父亲说话总是开门见山，就算患了老年痴呆也不例外。至于父亲患上老年痴呆这件事，我也是在一年多前，突然接到了他的电话之后猜到的。刚接通电话，父亲就直截了当地说："你最近情况怎么样？"

"怎么了？"

"就问你情况好不好。"

"挺好。"

我不知道该怎么说我不好。毕竟身为社会主义者的父母就是这么养育我的。小时候被石头尖绊倒了，父母也不会扶我起来，就算我的膝盖破皮流血，他们眼睛也不会多眨一下。所以我总是哭着哭着就不得不自己站起来把身上的灰拍掉。就这么长大的我从来不在谁面前诉苦，也没哭过。这就是一个游击队员女儿的本性吧。

"你能不能给我汇点钱？"

患上老年痴呆之前，父亲从没对我说过这样的话。所以，虽然还没有人说过，但那一瞬间我就意识到了，比医生还要确信：父亲患了老年痴呆。要不是因为老年痴呆，父亲肯定宁可咬舌自尽，也不会提出这样的请求。正是因为那天的感悟，短短两个月之后，当母亲告诉我父亲确诊老年痴呆时，我丝毫没有感到意外。

"要多少呢？"

我有点希望父亲说个三千万或者两千万之类的，这样我就可以把那套巴掌大又不值钱的房子卖掉，把钱筹出来，然后像其他人家的女儿一样，一边抱怨，一边唠叨着说自己有多担心父亲。没想到父亲张口说道："大概有个三万就行了。"

不知道是因为父亲这辈子花的钱从来没有一次超过三万块，还是因为患了老年痴呆后，为女儿的生活水平担忧,总之这是父亲生平第一次向自己的孩子张口要钱,只要了区区三万韩元。绝不给人添麻烦,是父亲坚持了一辈子的原则,不管这人是自己的孩子还是外人。他现在却为了区区三万韩元,连原则都不要了,不知道这算不算是一个革命家迟暮的悲哀。我给父亲汇去了三十万。这是我力所能及的范围,也是我这样一个辗转在不同校园里兼职教书的游击队员女儿的悲哀——跟迟暮的革命家父亲相比好不了多少。

第二天,母亲给我打了个电话。

"孩子,你老实告诉我,是不是你给汇的钱?"

在还没有任何人知道父亲患上老年痴呆的时候,母亲就有所察觉了,每天忧心忡忡地检查父亲的衣服口袋,结果在钱包里发现了二十九万七千五百韩元的巨款。父亲借口说是跟朴教官借的,但敏锐的母亲,一下子嗅到了不对劲,直接给我打了电话。从小我的任何谎言都瞒不过母亲,所以我爽快地承认了:"嗯。"

"你爹现在可不是以前那个你爹了,脑子都糊涂了。不知道这钱是偷来的,还是怎么来的,你说我能不担心吗?吓死我了都。你以后不准给他钱。把你辛辛苦苦赚来的钱拿去喝酒抽烟能行吗?"

父亲从几年前开始在镇里新建的一栋高层住宅楼里

当保安。干满二十四小时就休一天，一个月赚五十万韩元。虽然我常常抱怨自己是打一枪换一个地方的兼职讲师，但我的劳动还是比父亲的值钱多了。

"你的心意我明白，但你给他钱就是害了他，所以你下次不准汇了。一个老革命家了，不能凭自己本事买包烟抽、买瓶酒喝，像话吗？你爹这辈子是白活了。就因为你爹啊，我看我这辈子没法儿享尽天年了。"

我在心里忍不住笑了出来，我妈竟然说自己没法儿享尽天年了。当时的我就想，我父母正是用人生中所有的"福分"换了"寿命"，所以才这么坚韧又长久地活到了现在。父母口中提到过的人们，很早之前就都死在了智异山里。而我父母在丽顺事件之后就入了山，成了最早的一批游击队员，又是最终侥幸活下来的少数几个游击队员之一，已经可以说是"天选之人"了。我一边听着母亲的叮咛嘱咐，一边在想，如果让我选择是要穷苦但长命，还是要有钱但短命，我一定誓死选择后者。

父亲之后又给我打过两三次电话，让我汇钱。每次要求的金额都不会超过三万。但我每次都会给他三十万，然后不超过两天就会被我母亲发现。父亲最后一次给我打电话是在四月二十四号，像往常一样，问我要三万。挂断电话后，我就直接给三五钟表铺打了个电话，那是父亲每日消磨时光的地方。接电话的是朴教官。我正想着如果是别人接的电话,就让对方转给朴教官接。

"我父亲最近不太对劲,您应该也知道吧?"

朴教官没有回答。但我没有时间等待无能为力地活了一辈子的朴教官无能为力的沉默,便自顾自地说了起来:

"他现在很健忘,好像抽烟喝酒都比以前更厉害了。我母亲为了不让他抽烟喝酒,一分钱都没给他。但神志清醒的时候都难忍烟瘾、酒瘾,现在的他又怎么可能忍得住。所以想麻烦您,我把钱汇给您,就假装是您借钱给他的,每天只给他一万左右,可以吗?"

"好。"

对话到这里就结束了。我随即给朴教官汇了二十万韩元。当下其实没想过为什么自己没有像往常一样汇个三十万,直到今天看到朴教官送来的信封,我才想起来自己只汇了二十万。不过也没有太复杂的理由,大概就是因为精明如我,觉得这笔钱要托付给一个外人,少量多次汇出去更加保险。十七万零五百。朴教官写在信封上的数字好像是在嘲讽我。

"你看吧,丫头,还是好人多吧?"遗照中的父亲好像也在嘲笑我。父亲总是对人充满了信任。就算远方亲戚让他做了担保后连夜潜逃,父亲也没有过丝毫怨恨。

很早之前,父亲来过一次电话,如往常一样开门见山地问我:"你什么时候回来?"

父亲问我什么时候回来,其实就是有事让我回来的意思。

"我明天回去吧。"

"几点出发?"

"我争取两点左右到吧。"

"两点我在农村信用社等你。"

紧赶慢赶地赶到地方,父亲特别轻巧地说了一句:"你做个担保吧。"

"要用钱吗?要多少啊?"

"我哪里要用什么钱。住在前面的龙植你记得吧?龙植死了以后,他老婆说要开个小饭馆赚钱养孩子,让我给她做担保。结果小饭馆倒了,她就跑了。"

后面的话不用听也知道,父亲把欠下的钱揽下了。这也不是第一次了。辛辛苦苦赚回来的血汗钱,攒不下几天,就会被父亲败光,主要就是各种担保。但不管怎么说,父亲总归是靠着自己把那些窟窿都补上了,这还是第一次把担保欠下的债转嫁到我身上。因为父亲年纪太大,已经无法再延期了。第二天早上母亲从父亲的裤子口袋里翻出了银行的回执，一把鼻涕一把泪地哭诉道："哎哟喂，本来就没什么可以留给孩子，这下好了，留了一屁股债。你这个当爹的，你为你女儿做了些什么好事啊，你还好意思让你女儿去做担保？你马上把那贱女人找回来。"

母亲嘴里竟然冒出了"贱女人"这个词。虽然母亲只有小学毕业，但在求礼这个小镇里，像我母亲这样有知性气质的人并不多。文静、温柔、眼神深邃、言谈有教养，说她是个法官、检察官还是作家都有人信。而且因为母亲身边常常放着本书，很多人都以为她是个校长什么的，甚至小学时每天早上领着我一起上学的高年级学长，还把我母亲当成了初恋。

他每天风雨无阻地来家里接我，诚心感人，害我还坚定地以为那家伙的初恋是我。以至于上了大学，发现他还是十年如一日地联系我，我便拼了命地躲着他，内心暗暗嘲笑他都大学了，怎么还揪着小时候的青涩爱恋不放。直到不久前，失联十多年的那个学长终于又找上了我，冷不丁地问我说：

"你妈还好吧？还像以前那样漂亮吗？你妈以前可漂亮了……你妈可是我的梦中情人哪。"我这才知道，原来那个学长把我们家门槛都快踏破了，不是为了我，而是为了我母亲。真是绝了。说是情敌也不合适，但不管怎么说，学长眼里的竟然不是我，而是我母亲！说不定我的人生就是从那个时候开始，变得扭曲了。后来学长毫不忌讳地辩解说，因为自己的母亲大字不识一个，而我的母亲知性大方，所以把我的母亲当成了初恋。

就是这样一个因为知性优雅成为少年梦中情人的母亲，因为一千二百万，不惜把"贱女人"几个字挂在了嘴边。吃早餐之前，做了一千二百万担保的我，一个自顾不暇的兼职讲师，默默望着忍不住口吐芬芳的革命家老母亲，想到的不是如何还债，而是觉得就算把母亲的反应看作是因为血缘之情、出于伟大的母爱，也很难否认，意识形态在金钱和母爱面前，显得如此苍白无力。

父亲原本还盯着电视里的早间新闻，对母亲的抱怨过耳不闻，这时突然把遥控器往地上一拍，猛地站起来说道："够了！要不是生活所迫，谁愿意半夜逃跑啊！能吃好穿暖的话，她能不还钱吗？要不是走投无路，谁能连娘家都不联系，活着跟死了一样啊！"

听到父亲的话，母亲流下了委屈的泪水。

"你这么体谅别人的苦衷，对你老婆的苦衷怎么跟眼瞎了一样呢？我这胳膊腿又酸又痛，做饭都困难，夜里痛得觉都睡不好。你要有那个钱，倒是把我送医院去啊!"

父亲的眼神我至今都忘不了。他冷冷地瞪了母亲一眼,用低沉却决绝的声音说道:"你在智异山里受的苦,是为了让你自己吃得好、过得好吗?你到底是为了什么拼上性命的?!"

就像是女商贩借住的那个晚上一样,我以为母亲会哭上好半天,结果一下子就止住了。从那之后,母亲便再也没有提过因为担保欠债的事情。而年过七旬的父亲靠帮别人种栗子树,每年赚着几十万韩元用来还债。这笔债至今还剩一大半,正如母亲担心的那样,恐怕就会变成我的债了。那个我根本记不清长什么样的远房亲戚,如果知道我父亲年过七旬还无怨无悔地辛苦挣钱帮她还债,会不会稍微流下那么一滴比其他人深情一点点的眼泪呢?我觉得不会。毕竟我跟父亲不同,并不是那么信赖人类。我反而更愿意相信,当我骨瘦如柴的父亲喝着菜干汤的时候,那个女人正用我父亲的血汗钱大口大口地吃着烤五花肉。

我望着那装着十七万零五百韩元的信封,有些怅然若失。烧酒一瓶,香烟一盒。父亲心甘情愿地给别人掏了一千两百万,而用在自己身上的,一天只有四千块。

父亲最后一天的消费有些"奢侈"。四月三十日,九千五百元(餐费 4000×2=8000,烧酒一瓶 1500 元)。他在生命的最后一天,跟另一个人享受了一顿每人四千韩元的晚餐。多半吃的是大酱汤,另一个人十有八九是朴教官。结账时,靠着教师退休金凑合过日子的朴教官肯定好好推拒了一番,但我那不愿欠人情的父亲,就算患上老年痴呆也依然本性不改的父亲,一定是一副豪气的模样,抽出了一张万元"大钞"。

我好像第一次明白了什么叫"无能为力"。

*

刚才还烟迷雾锁的川边道路,转眼变得清朗了起来,让人不禁怀疑刚才的浓雾是不是一场梦。或许是因为雾气留下的水滴,让清晨的阳光显得格外灿烂。就在这阳光照射下的沥青路上,出现了两个老人的身影。一个是刚才来过的朴教官,他身旁那位伛偻的老太太,估计也是三五钟表铺的常客、父亲的同学。朴教官刚才还说等大家一块儿过来,结果走到一半,又跟着老太太一块儿折返回来了。

老太太一脸淡然，把装吊唁金的信封塞进箱子后，祭拜了起来。也不知道是因为父亲的死，还是因为听到了殡仪馆黄老板的悲苦人生，母亲哭得有些虚脱，此刻正在休息室里休息。接下来，母亲大概只能留在休息室里度过整个葬礼了。因为母亲身患脊椎管狭窄症，要是对每一个宾客都一一弯腰回礼的话，说不定紧接着又得办一场葬礼。于是我代替母亲向宾客回礼，成了今天葬礼唯一的丧主。毕竟吃了药之后，父亲的精子也只复活了一次。

老太太用粗糙的手一把握住了我的手。她那个年代要是能读完小学，多少也算个知识分子了，而这双手并不像生活安稳的人会有的，甚至比母亲当年辛勤务农时的手还要粗糙。还没经过我同意就一把抓住我的手，让我不免有些抗拒。这场葬礼下来，不知道会有多少人来抓我的手，想想就觉得头晕目眩。要是能像只狗一样宣示一下自己的领地就好了。

"生怕别人不承认他是三秒老头，走得还真是急啊。"

三秒老头？老太太虽然外表粗陋，眼倒是挺尖的。

"你爸喝一杯烧酒只用三秒钟，所以叫作'三秒老头'。三秒老头来店里，不会直接坐下，要先跑到冰箱那里拿出一瓶烧酒，倒上满满一杯，一口就灌到嘴里了。"

旁边朴教官也点了点头，补充说："这位是三五铺旁边的平价小饭馆的老板娘。走到一半碰上了，说自己来有点不好意思，我就陪着她一块儿来了。"

钟表铺旁的小饭馆，应该就是那家摆着两张水泥圆桌卖汤饭的小酒馆，客人都是无所事事的老头子。还好刚才没有告诉母亲。母亲最痛恨酒家女，这也都是因为我。

我小的时候，父亲总是带着我出入各种场合。遇到赶集的日子，还会带我去五岔路口那边的河东人家。那是一家简陋的小酒馆，连招牌都没有，就因为开酒馆的是河东人，所以大家就随口叫它"河东人家"。父亲经常大白天跟朋友在那里喝酒，连下酒的小菜都不点。他把我架在膝盖上，一边喝酒一边晃腿。我就像坐着秋千一样，在父亲的腿上一边高兴地摇晃，一边吃酒馆老板娘递过来的零食，毫不忌讳地混迹在酒席间，参与着各种话题，咯咯地笑，完全没有个孩子的模样。

有一天，身材肥硕的老板娘突然摆着身子，挤着鼻音说："这么久都不来，我还以为以后都见不到你了呢。"

"哎哟，看你说的什么丧气话，我对你可是一片丹心呢。"

父亲耍起了嘴皮子，拍了拍老板娘的屁股。我一下从父亲膝盖上跳了下来,一把抓住了他的手。当时的我才五岁,脾气却不是一般地倔,硬是把父亲拽了出来,让他连一杯酒都没喝上。我一直斜着眼睛狠狠瞪着河东人家,直到它消失在我的视野中。那之后,只要我在身边,父亲便再也没有靠近过五岔路口那边一步。

虽然当时的我才五岁,心里却早已是个小大人了。所以父亲拍老板娘屁股的事情,我没有告诉母亲。是父亲自己说的,好像拍拍其他女人的屁股对他来说没有什么大不了的。之后父亲每次要去镇里,母亲就会开他玩笑问道:"又要去拍河东人家老板娘的屁股啦?"而我会突然抽风,抓住父亲的裤腿瘫倒在地上。之后我再也没有见过河东人家的老板娘,但我想父亲应该还见过,只是不再把我带到小酒馆去了。

这事没什么大不了的,我却一直记得很清楚。其实也就是看到了父亲不为我所知的另一面罢了——革命家身份之外的一面。而被幼时的我发现的那个举动,其实也是一般男人都会做的事,并不出奇。即使在长大以后,每次路过河东人家,我也都会把头扭向一边,故意不去看它。或许我真正回避的,不是河东人家的老板娘,而是隐藏在一个伟大革命家躯壳下的普通男人的欲望。那时父亲已经被关进监狱,我相信我的父亲是一个为了正义不畏牺牲的伟大革命家。准确地说,我必须坚信这一点,才不至于放弃监狱里的父亲。

"哎哟,嫂子来了?"

朴东植不知道什么时候睡醒了,走过来一屁股坐到了老太太旁边,好像对方是自己的好姐姐一样,搂着老太太的肩膀。

"小妹,打招呼没?这可是你爸的最后一个情人。"

"你看你,开什么不着边的玩笑?让孩子真误会了怎么办呀……"

老太太突然像个羞涩的小姑娘,拧了拧身子,从朴东植的怀里挣脱出来。误会个屁啊!不对,她一副典型的劳动妇女模样,莫非真的是父亲的理想型?我默默地看着他俩笑闹,心里想。

"每天早晚相见,这还不叫情人,什么叫情人?"

"他确实是快把我们店的门槛踏破了,但你以为他是来找我的?他是来找酒的。"

这两个人好像完全没有考虑过我的心情,一唱一和地说着相声。

"话说回来,昨天还剩了半瓶烧酒没喝完,放在冰箱里呢……这以后也喝不上了。生前那么爱喝酒的一个人……每天至少都得喝上三瓶来着。"

父亲养成每天喝酒的习惯，就是在他照着《新农民》开始纸上种田那会儿。父亲从小就在农村长大，却没干过一天农活儿。虽然拼了命要建设一个劳动者和农民当家做主的国家，但他本人却跟劳动没什么关系。对于父亲来说，劳动要比革命痛苦得多。当游击队员时说着不惜冻死、饿死、中枪死，到了要给辣椒田拔草的时候，两个小时都坚持不了就要灰溜溜地跑回家，用啤酒杯装满烧酒一饮而尽。每次看到这样的父亲，我都在心里一边嘲笑，一边思考革命家和耐性之间的关系。那时上高中的我得出一个结论：

有耐性的人成不了革命家。

面对痛苦、悲伤或愤怒的时候，有耐性的人只会忍耐，不会去抗争。只有忍不了的人才会揭竿而起。于是有的人成了斗士，有的人成了革命家。父亲就是一个忍不了的人。他忍不了祖国解放之后亲日派的得势，忍不了与不爱的女人结婚这种封建残留，也忍不了有权有势者的嚣张跋扈。当然，父亲忍不了的，还有两小时的劳动。然而，冻得生不如死的痛苦、饿得生不如死的痛苦、眼睁睁看着出生入死的战友在自己身旁死去的痛苦，父亲又是怎么忍受过来的？大概是因为信念，又或许是因为"大不了就是一死"的终极绝望吧。

就在我用冷静的目光分析父亲的时候,他已经喝完酒,看完了一面报纸,不情不愿地抬起屁股,准备回到他不亲不爱的劳动中去。所以,对于父亲来说,酒就是某种用来延续繁重劳动的止痛剂。虽然父亲每天都要喝上三瓶烧酒,但还不至于酗酒成瘾,甚至连酒鬼都算不上。在我看来,只有像小叔那样一头扎在酒里,任凭酒精吞噬自己灵魂的人,才算得上是酗酒。父亲最多只是一个三秒老头,把酒当作止痛剂来喝罢了。

"你以为他只喜欢酒啊?他还喜欢女人。你不知道吧?"

朴东植对着我挤眉弄眼地说道。那语气好像是说,你父亲的事情,你还没我知道得多。还能有什么事情,不就是男人之间的那点小秘密。我真想把我父亲拽出来好好对峙一番,就像把他从河东人家里拽出来一样。但今天是父亲的葬礼,我只能板着脸,狠狠瞪着朴东植,努力把怒火压下去。当然,毫无分寸的朴东植并没有意识到我眼神里的情绪。老太太跟朴东植交换了一下眼色,好像是说自己也知道那些秘密,接着道:"酒也只喜欢喝烧酒。啤酒正眼都不瞧一下。说洋鬼子的酒有什么好喝的。有一次还拿着一瓶洋酒过来，说是要换烧酒。那酒你知道吗，还是朴正熙总统喝过的酒。"

父亲拿去小酒馆说要换两瓶烧酒的那瓶洋酒，是我送给他的威士忌芝华士18年。我对威士忌简直可以说走火入魔，那瓶酒更是被我当作佛像一样供奉了一个月，每次看到它我都忍不住吧唧嘴，但最后还是送给了父亲。因为觉得父亲那么爱喝酒，这一辈子却只喝过烧酒和玛格丽米酒，太可惜了。结果他连尝都没尝一口，就拿去换成了烧酒。

"区区两瓶烧酒，我买给你就是了，别弄得那么穷酸。你就不能尝一尝这种酒的味道吗？！"我一口气把心中的愤怒全都发泄了出来。

结果父亲也气呼呼地说："区区一瓶洋酒，跟烧酒还不一样是酒？！那些洋鬼子的酒难道还镶了金不成？"

有没有镶金我不知道，但我是真的很爱威士忌。三十岁以前，我都不爱喝酒。因为觉得烧酒太涩，让人忍不住发出奇怪的声音；米酒在大一刚入学的时候喝了两杯，结果就断片了，之后便再也没有碰过；白酒的味道太冲；啤酒太冰，喝一杯就得拉肚子。直到三十岁之后，我才在朋友的乔迁宴上第一次喝了威士忌。橡木的风味太香甜了，穿过喉咙的时候梦幻又丝滑。要不是这次经历，我几乎以为自己跟所有酒都是绝缘的。这就是所谓的局限。当父亲还在与解放前后的局限抗争时，世界已经远远跨过那道槛了。

"啊！你管它是不是镶了金，你先喝过之后再发表意见！"

"拿来一瓶洋酒，就狂得要登天了！"

父亲猛地站了起来，彻底生气了。

又过了几年，已经参加工作的学生给我送了一瓶皇家礼炮32年，是连我自己都没有喝过的高价威士忌。我还怕万一摔碎了，寄给父亲时用气泡膜缠了一圈又一圈。结果父亲的话堪称经典："孩子，这是洋酒还是什么呀？干吗寄个谁都不认识的东西过来？拿去换烧酒别人都不给换啊。"

那个不愿用一瓶皇家礼炮32年给我父亲换一箱烧酒的人，恐怕就是眼前这位跑来殡仪馆嚷嚷些什么三秒老头的小酒馆老板娘了。村里人多少还能认出个芝华士，但皇家礼炮是不可能认识的，因为朴正熙没喝过皇家礼炮。就算他是韩国一九六一年到一九七九年之间的最高统治者，喝的也只是芝华士罢了，还不知道是12年还是18年的。而如今，随便什么人在免税店买的都是百龄坛30年。

"不对，嫂子你这就不懂了。叔叔也能喝洋酒。就是没的喝，所以喝得少。叔叔可是把洋酒倒到烧酒杯里一口干掉的人，简直就是男人中的男人！"

这我是第一次听说。难不成父亲是怕我把辛苦赚来的钱花在了没必要的地方？还是说，不管是烧酒也好，威士忌也好，反正都是止痛剂，量大的最好？再不然，莫非只是父亲在其他男人面前装腔作势罢了？但他究竟在想什么，我都无从得知了。不管过去也好，现在也好。

三个人就这么回忆着我所不知道的父亲的过往。我站起身，告诉他们我要去一趟殡仪馆办公室。走了几步，再回头看这几个父亲晚年时交心相处的人，才发现他们不过是寒酸潦倒的老人而已。很难想象被他们称为三秒老头的父亲跟他们坐在一起交谈的模样。我所认识的父亲，是那个在家里还念叨着老百姓、过于严肃反而有些可笑的、身在家里却心系着智异山和白云山的革命家。

我正要换上殡仪馆提供的拖鞋，朴东植追了上来，把手机递给我。

"我小儿子用你的手机给你通讯录里的所有人都发了讣告，你就不用再操心了。"

也就是说他知道手机是我的，故意带走的。也不知道该谢谢他帮了我一个大忙,还是质问他为什么自作主张。毕竟通讯录里还有好些人并不需要知道这个消息。

朴东植把手机递过来的时候,我发现他的手比我的大上一倍,还特别厚实。或许就是这双手拉着不情不愿的父亲去拍了那张遗照,还亲自付了钱,也是这双手给父亲的酒杯斟满了威士忌。几年前父亲想把朴东植推选为合作社社长,但最终失败了。我还记得父亲当时抱怨,说到现在村里还在犟说选举需要花钱,说村里的人脑子都朽了烂了,语气里充满了愤慨。那之后,父亲便和朴东植一起创建了民主劳动党支部,还四处游说,想要推选朴东植成为地区议员。最终心愿还没实现,父亲就走了。

"欸,小妹。你去找黄老板多要六套丧服。你大伯家有七个堂亲吧?男人的有一套就行。我看吉洙是当不了丧主了,几天前我看他那样子,可能过不了两天就得跟着叔叔走了。不知道你怎么想,但毕竟你一个人怪孤独的,大伙儿一块儿轮流做丧主,都会乐意的。反正你们高家本来就爱操心嘛。"

这么说起来,曾经是摔跤选手的朴东植比高家人更爱操心,他用厚实的手掌拍了拍我的后背。这双跟"温柔""细腻"毫不相干的手,却给了我无限的温暖。

　　　　　　　　＊

我按照东植的嘱咐，向黄老板多定了六套丧服，一套男性的、五套女性的。黄老板好像真把自己当成了我的亲哥哥，毫不客气地告诫我说，葬礼到处都要用钱，每一分每一毫都得从指甲里抠着花。

"丧主就你一个女孩，也不知道这殡仪馆的费用拿不拿得出来……"黄老板叹了一口气说道。

不知是身为殡仪馆老板的担心，还是出于对朋友妹妹的担忧。不过，担忧也好，唠叨也罢，话多这一点，倒是跟我父亲一模一样，真令人讨厌。我正打算赶紧转身离开，就被黄老板叫住了。

"欸，小妹！有句话要提醒你。"

黄老板走到我身边，四下张望了一下，接着把脸凑了过来，几乎贴到了我的耳朵上。看来这里的人都用身体距离来表现关系的亲密。其实动物也是这样，只不过是我一直忍受不了这样的距离罢了。不管是赤色分子，还是赤色分子的子女，都必须站在一般人所能接受的亲密距离之外，这样才不至于让别人因为认识了一个赤色分子而受到牵连。

经年累月形成的条件反射让我迅速往后一仰，黄老板躬着的身子也条件反射似的凑得更近了。不知情的人说不定会以为他在性骚扰。但黄老板把身体凑过来的时候，倒是没有一丝一毫的忌讳。我只好用力地仰着，把身子折到有些腰疼的角度，听黄老板说道："小妹，你可得小心。吊唁金要找谁代收，一定得慎重再慎重。不管是表亲还是堂亲，谁都不能信。一个两个都贼得很，千万要瞪大眼睛看清楚了才行。什么样的人都有。之前还有人为了不跟兄弟姐妹分钱，独吞了自己母亲的吊唁金跑了。长得倒是人模人样的，还是个学校老师……你父亲啊，吃了一辈子的亏，这最后一段路，可不能让他再吃亏了。"

父亲也不算吃了一辈子的亏。只是为了不受欺压投身于社会主义，结果在自己选择的斗争中惨败罢了。父亲直到八十二岁的那个劳动节清晨，离世前的最后一刻，都还在为自己十几岁时的决定承担后果。这个社会如此残酷地对一个人的选择追责到底，这是对是错，不同的人有着不同的判断。有人认为必须保障思想的自由，有人认为赤色分子就要一棍子全打死。经历了自相残杀的悲剧，南北双方至今还处于休战状态，加上意识形态不同，早就不可能再达成统一意见了。更何况，这也轮不到我来评论是非对错。

只是说到吃亏,我更有发言权。因为父亲至少还有选择,而我没有。我没有选择成为一个赤色分子,也没有选择成为一个赤色分子的女儿。我只是一出生,就被赋予了这样的身份。如果可以选择的话,谁愿意成为一个赤色分子的女儿呢?但凡可以选择,我肯定会选择成为李富真①或是金泰熙②。我想,连自己的赤色分子父亲长什么样都不知道的黄老板或许也不例外。

雾气散去后的大路,一早就被炎炎的烈日炙烤着,一点儿都不像五月第一天该有的样子。就在那阳光中,比我更委屈的、大伯家的堂哥吉洙颤巍巍地走了过来。吉洙哥因为胃癌晚期,早已是形容枯槁。就像东植说的一样,哪怕是过两天就随我父亲去了也不奇怪。去年年底被诊断为胃癌晚期之前,吉洙哥眼看就要晋升为副县长了。在我们这个没什么拿得出手的大家族里,算是最有出息的一个。

吉洙哥曾经考上了陆军士官学校,但因为自己的二叔是赤色分子,他没能通过入学前的身份调查。大伯母一直觉得是我父亲断送了儿子的大好前程,终生怀憾。

---

① 韩国三星集团第二任会长李健熙的大女儿,现任三星下属公司总裁。
② 韩国知名演员。

虽然不知道吉洙哥心里是怎么想的，但明面上，他没有抱怨过一句。

吉洙哥被陆军士官学校淘汰的那阵子，我刚满十岁。一天下午，鹅毛大雪笼罩了整个山村，前屋突然传来了一阵哭声，是女人的声音。大伯的几个女儿都在读完小学后到首尔的工厂里工作了，所以家里的女人只剩下大伯母一个。哭声久久没有停息，父母却没有前去探望的意思，甚至都没有想到要煮晚饭。母亲好不容易才把躁动的我安抚住，直到天色都黑了，父亲才开口："先把饭吃了吧，难道要这样等到饿死不成！"

"是吧。得先吃饱才能活下去啊。"

母亲摸了摸我的头，慢悠悠地站了起来。母亲这辈子没有抹过一次护肤霜，在她脸上，白藓像泪痕一样在蔓延。

第二天，天刚刚亮，我就朝着大伯家跑了过去。不知道为什么，一路上积满了雪。平时这条路都会最先被父亲清理得干干净净，没有一点儿下过雪的痕迹。大伯家的院子也积满了白雪。我穿过院子，在没人踩过的雪地上留下了脚印。刚要进屋，大伯母突然从厨房里探出头来，手里攥着一个水瓢，上面冒着白白的雾气。她一下子将水泼向了我站着的地方，白雪伴随着嗞嗞嗞的响声渐渐融化，在我前面化出了一条小路。

"妈！"

吉洙哥站在檐廊上，用低沉又严厉的声音喊道。大伯母平日里对吉洙哥言听计从，那天却头也不回，只是狠狠地瞪着我道："那家的种看着就招人讨厌，赶紧让她走！"

"妈！你这话说的！"

大伯母眼里好像都要滚出火球来，她唰地把身子背过去，裙摆掀起了一阵寒风。

"你改天再来吧。"

吉洙哥站在檐廊上静静地看着我，说罢也转身进了房间。平时他每次看到我，都会一边把红薯干什么的塞到我手里，一边满脸温柔地问我这次又考了第几名、最近读了什么书之类的。在所有亲戚中，吉洙哥是最疼我的，我也最喜欢吉洙哥。在这个大家族里，爱读书学习的只有我和吉洙哥，可能出于这个缘故，我们之间好像有一个只属于我俩的小世界。

每周六下午，我都会走上一个小时去接吉洙哥。他在镇里读书，只有周末才能回来，上了高中之后，就买了一辆带后座可以装货的二手自行车。

"想哥哥了，跑这么远来接哥哥呀？"

每次吉洙哥都会温柔地摸摸我的头，把我抱起来，放到车后座上让我坐好，然后站在脚踏上，抬起屁股，卖力地让自行车奔跑起来。吉洙哥的身子在前面有节奏地起伏晃动，我把脸颊贴在吉洙哥的背上，觉得未来的每一天都会像此刻这样轻松愉快。

孤零零地站在大伯家的院子里，我预感到，我和吉洙哥这样的快乐日子就要到头了。虽然不知道发生了什么，但我微妙地感受到一种抱歉和惨烈。我小心翼翼地踩着自己来时的脚印离开了大伯家，在那纯白的院子里，我好像不该再留下任何痕迹了。

因为去不了普通大学，吉洙哥便在开春之后入了伍。几个月后的秋天，好像是觉得没脸见吉洙哥一样，父亲进了监狱。当然，父亲并不是自愿进去的，而是像往常一样去赶集，无意间撞见了负责盯梢自己的刑警。那名刑警一直以来都对父亲视而不见，偏偏那天不知道为什么，一把将父亲抓走了。过了好几天，我们才听说父亲又被关了进去。因为父亲不在，母亲在村里难以维持生计，便领着我搬到了镇里。

吉洙哥退伍后，俨然成了一个大人。虽然偶尔遇到过几次，但他已然没有了过去的那种温柔，对谁都一样。长大后的吉洙哥，已经不是过去的那个吉洙哥了。他对任何人都少言寡语，对任何事都漫不经心。又过了几年，连坐制被废除后，吉洙哥通过公务员考试，成为了一名基层公务员。

从那之后，吉洙哥的生活我便知道得更少了。只是听说大家都夸他很能干，在单位里晋升得最快；乡长的女儿看上了他，还请了媒婆说亲，结果他特别冷漠地拒绝了；还听说他后来跟一个条件比自己差很多的女人结了婚，生了一个跟他妻子一样既不漂亮又不聪明的儿子。这就是我所知道的全部了。

每次听到这些传闻，我都会想起那个大雪纷飞的冬日，想到那一天也恒久地刻在了吉洙哥的心里，横亘在我们中间，让我们渐行渐远。我，一个赤色分子的女儿，每每想起吉洙哥，都有一种负罪感。因为比起作为赤色分子女儿的我，作为赤色分子侄子的吉洙哥不得不承受这样的人生，才更冤屈。断送自己前程的不是自己的父亲，竟是二叔！

就是这样的吉洙哥，出现在断送自己前程的二叔的葬礼上。他一直静静地望着我，就像在那个大雪纷飞的冬日里一样，连一句"我来了"都没有。我也默不作声地走在前面，领着他进了吊唁厅。东植一下站了起来，快步走到鞋柜前。

"来了？我还以为你来不了了。"

东植想要上前搀扶，但吉洙哥轻轻把他的手推开了。

"……肯定要来的。"

就在吉洙哥拖着孱弱瘦削的身子慢慢走过来时，我走到躺在休息室里的母亲身边。母亲好像在打瞌睡，我轻轻摇了摇她的肩膀，她身子一颤，醒了过来。

"吉洙哥来了。"

"哎哟，自己身体都不好还赶过来，我都不知道该怎么表示感谢才好。"

母亲匆匆忙忙跑出去，一把抓住吉洙哥的手就瘫坐到地上。吉洙哥还没反应过来，被拽着跪坐了下来，他的身子就像孩童一样瘦弱。母亲抚摩着吉洙哥的肩膀和手臂。

"怎么办是好啊……怎么办是好啊……"

令母亲感到惋惜的，不是死去的父亲，而是命不久矣的吉洙哥。我无法想象一个将死之人前来吊唁一个已故之人是一种怎样的心情。我把母亲扶了起来，让她坐到丧主的位置上。如果是我，可能不想在这样的场合得到别人的安慰。比我更成熟老练、自尊心更强的吉洙哥应该也是这么想的。

吉洙哥面无表情，向着父亲的遗照行了两次大礼，转身跟我互致了一个拜礼。母亲看到吉洙哥连行礼都这么吃力，眼泪止不住地掉。

"这该怎么办是好啊……"

一声声慨叹好像诗歌中的叠句一般。

我才不知道该怎么办才好，不知道该怎么对待吉洙哥，真是尴尬极了。还好眼尖的东植把吉洙哥领到了自己坐的那桌。看来爱操心的人也不总是那么令人讨厌。不管怎么说，至少在父亲的葬礼上，东植要比我有用得多。我连别人的葬礼都没去过几次，通常也就是送个吊唁金罢了。我不喜欢繁杂的场合，也没有安慰他人不幸的本事，更不了解葬礼的流程。要不是有东植在，我恐怕从医院开始就要出大洋相了。是东植比我更早抵达医院，决定了葬礼的地点，带来了父亲的遗照，还帮我发了讣告。

东植替我用纸杯接了一杯水，放到吉洙哥面前。吉洙哥没有喝，虽然满脸病容，腰杆子却挺得笔直。

"还好吗？"

东植替我问出了这个想问却没能开口的问题。

"就那样吧。"

"要吃点什么吗？"

吉洙哥没有回答要或是不要。我突然想，会不会是那些对自己二叔说不出口的埋怨，在吉洙哥一生的吞忍中滋长，最终吞噬了他的生命？我想问问他，有没有在我父亲面前发泄过一点点的不满。

"吉洙哥……"

我叫出了声，却又不知道该说些什么。那个冬天之后，我们除了见面的招呼，便再没有交谈过，不知不觉已经过去了快四十年。不管是我，还是吉洙哥，我们都没有让静止的时间重新流淌的本事。吉洙哥看着我，点了点头说："没事，没事。"

也不知道是说自己的状态没事，还是说迎接死亡没事，又或是至少活着的人还会活下去，所以没事。泪水毫无征兆地夺眶而出。我也不知道这眼泪意味着什么。吉洙哥只是用平静的眼神默默地望着流泪的我。那眼神就像在说，不仅是我父亲的死亡，就连他自己即将到来的死亡，他也已经淡然接受了。不对，应该说那眼神已经看透了死亡背后的虚无。在那眼神面前，我的泪水显得如此奢侈，我不忍心再哭了。我原本和眼泪也不太亲近。

吉洙哥用手撑住桌子站了起来。像来时那样，他颤颤巍巍地迈开了步子。不知道是不是因为腰带系得太紧，吉洙哥的裤子在臀部那里松松垮垮地折了好几折，里面可以塞下好几个成人的拳头。生命似乎正从他的身体里溜走。我久久地目送着吉洙哥离去,看着他的背影渐渐消失在明晃晃的阳光里。吉洙哥完成了人生最后一次吊唁,正在走向自己人生的终点。

*

停车场那边传来了嘈杂的哭声,应该是住在盘内谷的几个堂姐来了。除了她们,不会有谁这么聒噪了。一个堂姐跟本地的男人结了婚,在盘内谷住了一辈子;另外两个长年在外地,晚年才回到老家。即使分开生活了那么多年,三个堂姐还是一样地爱操心又富有人情味。换句话说,就是事事都参与,件件要干预。而且跟我们家不同,她们都特别活泼,总是闹哄哄的。

母亲七十岁的时候,我还在读研究生。以前我从没有给父母办过生日宴,六十大寿也没办过。不对,准确地说是没机会办。因为母亲四十岁的时候才生我,她六十岁时我还是一名大学生,靠助学贷款才勉强维持着学生身份,生日宴这种事情根本连想都不敢想。读了研究生后,我勉强凑出两百万韩元,包下了一个小饭店。

这点钱除却给父母买一套韩服和小饭店的餐费，便所剩无几了。原本还想预定店里最贵的套餐，一人一万五千块，但这么一来，就得缩减宾客的人数。思来想去，我还是给一个思虑周全又与我十分要好的姐姐打了电话。

那个姐姐在求礼经营一家米糕店，所以我又叫她米糕店姐姐。姐姐的母亲是我母亲的战友，曾经是一名联络员，并没有上山搞游击，因而避免了牢狱之灾。听说当年她没了丈夫，一个人带着五个孩子，本身就过得捉襟见肘，但在我母亲出狱后，两人每次见面往来，她都会倾囊相助。得知我母亲患上了胃病，除了正餐只能吃一些艾草糕，她更是经常把我母亲拉到她女儿的米糕店里，让我母亲一次吃个够，最后还偷偷地给我母亲塞上一大包带走。姐姐的母亲去世之后，姐姐便把我母亲当成了自己的母亲。除了米糕和煎饼，还会经常给我母亲送来各种泡菜和小菜。所以对于我母亲来说，姐姐甚至比我更像女儿。而且姐姐慢声细语、举止轻柔，特别地从容持重。

"你啊，没在那家店吃过饭吧？一万块的套餐里就有很多小菜了，吃不完的。要请的都是些老人家，能吃多少呀，点那么贵的干吗？你还是学生,哪来那么多钱……"姐姐轻柔地回复我，接着又补充道，"米糕就由我来做,我就是开米糕店的嘛。"

姐姐最后做好带过来的,不仅有米糕,更有全罗道宴席中不可或缺的凉拌斑鳐、各种煎饼和亲手做的羊羹。好像信不过饭馆的手艺似的,她还腌制了泡菜。也多亏了她,最后生日宴办得很成功。母亲第一次穿着女儿给她买的带外袍的整套韩服,止不住地一直流泪。父亲虽然还是像往常一样面无表情,但一桌桌挨个儿喝了一圈的酒,别人给他敬的一杯都没落下,看来很是满意。说起来,也算是场完满的宴席了。

快结束的时候,堂姐把我叫过来问道:"孩子,乐队什么时候来?"

我还是第一次知道摆宴席还要请乐队,也没去过什么有乐队的场合。

"我没有请乐队……"

"哎妈呀,没乐队不就等于包饺子不放馅儿嘛。"

"爸妈都不喜欢太吵闹,所以我没想到这一点。"

"我们家孩子都懂的事情,你这事就没做好。你怎么不来问我们呢?"

就算没有乐队,酒过三巡之后,那些表亲堂亲们还是起了性子,敲着筷子,唱起热闹的韩国老歌来,甚至过了包场时间也没有要结束的意思,我只好着急忙慌地在楼下的 KTV 里定了个房间。父母觉得难为情,说"唱什么 KTV 啊",连包间都没进就一溜烟跑了,只剩我被逮住,遭了不少罪。

后来我才知道,但凡身上流着一滴高家血的,不管是大伯家还是小叔家,不管是大姑姑还是小姑姑,全都喜欢饮酒作乐,个个能歌善舞。全场只有我一个人坐着。他们中还有几个歌艺了得,说是歌手也不过分。都已经定了最大的包间,还是因为二十来号人全都跑到了舞台上又唱又跳,挤得连个落脚的地方都没有。我紧紧贴着墙站了一会儿,等到那些醉醺醺的亲戚们在兴头上没空注意我的时候悄悄溜走了。最后谁也没发现我跑了,算是当天最大的幸运。

"哎哟喂,哎哟喂!"

大伯家的大堂姐号啕大哭着走进门,一头扑倒在了会客厅的地板上,好像哭尽了全身的力气。

"哎哟喂,二叔在炮火中都活了下来,怎么能走得这么稀里糊涂的呢!"

蜂拥而至的堂姐们从四面扑上来,把我揽入怀里大哭起来。我被挤在中间,瞪大眼睛四下搜寻了一圈,没有看到小叔的身影,心情有些微妙,说不上来是庆幸还是遗憾……

堂姐们哭个不停，让我略微有些诧异：断送自己弟弟前途的二叔死了，有那么令人哀痛吗？据我所知，堂亲们没有公开说过我父亲的不是，但他们之间却有着微妙的隔阂。一方面，父亲是说什么都在理、聪明又有本事的老爷子；另一方面，他又太有本事，当了赤色分子，成了拖垮整个家的糟老头。父亲既是高家的骄傲，也是高家败落的元凶。

在父亲刚刚加入社会主义阵营的时候，大堂姐还在读小学一年级，她至今仍清楚地记得那恐怖的一天。背着枪的军人闯进教室，大声威吓着，让见过高尚旭的人举起手来。从那时起，大堂姐就一直认为我父亲是个了不起的人，因为几十个军人都抓不到他。怎么说呢？就像是突然发现隔壁屋背过自己的那个人竟然是有头有脸的历史人物？虽然那是一段失败的历史。

总之，就算没有这些事，父亲也总是与亲戚们格格不入。冬日夜里闲来无事叫他一起玩花牌，不愿去的话不去就是了，结果他专程跑去教训别人，说在游戏上浪费人生能行吗？不如趁这时间读读《新农民》，那上面有农业的未来。杀狗杀猪吃的时候叫上他一起，他却说，别光顾着嘴上享乐，要管管孩子的学习。特别扫兴。去参加周围人家的宴席,他也总是灌下一杯烧酒就走了。所以别说亲戚们了,就连周围邻居都不常往来,只在有困难的时候找上门。这样的人死了,真的会让人这么悲痛吗……

再说了,父亲今年八十二,能活久一点儿当然更好,但这个年纪走了,也算不上特别令人悲痛吧。真要说悲痛,那恐怕要算父亲的老年痴呆了。母亲看着理性主义的父亲患上老年痴呆后性情大变,被父亲折磨得又是高血压又是糖尿病、高血脂的,什么病都患了一遍。又怕他在人前惹出麻烦,只能竭力阻止他出门。虽然事实证明,光靠母亲通常是拗不过父亲的牛脾气的。

除了我和母亲,只有朴教官知道父亲患了老年痴呆。大堂姐有次赶完集来到我们家,看到父亲的样子,咂着嘴说:"二叔老了,也是显得有些砢碜哈。这怎么办啊……"

母亲听不了这样的话,郁闷得一晚上没睡,她怕父亲的病情恶化下去,会给过去的高风亮节抹了黑,于是拼命对他严加管束。也正是因为这样,父亲去世之后,母亲和我都松了一口气。父亲走的时机刚刚好,还没有人知道他患上了老年痴呆,他也还没在别人面前展露出失智的一面。说不定真正让父亲一头撞上电线杆的,正是在他渐渐死去的脑细胞中坚强残存下的最后一丝理智。我相信这样的解释,是因为这才是我所认识的父亲。

哭得悲痛欲绝的大堂姐突然停下来,问我:"孩子,丧服怎么弄?花钱的事情我不方便多说,但怎么能让你一个人穿丧服接待宾客呢?让外人见了多不好看。"

幸好东植早前嘱咐过,要不就难办了。我正好趁机从第一次拥抱我的堂姐们怀里退了出来,取来四套丧服递给她们。住首尔的两个姐姐估计要下午才到。

"就是嘛,这样多好。丧服能花几个钱?这么多亲戚呢,让你一个人当丧主怎么行。你爸苦了一辈子,最后这一段路得让他走得安心才是。你爸也会高兴的。"

怎么可能。父亲可是唯物主义者,才不相信什么死后的事情。有一次母亲聊起墓地,说希望自己死后能埋在智异山上向阳的地方。父亲听了,把手中的报纸一下拍在了膝盖上——这么说起来,我记忆里的父亲十有八九都在读报纸、看电视新闻,或是听新闻广播——接着用他那双斜眼瞅着母亲说,"我看你一点儿都不唯物主义。死了就一了百了,还谈什么要埋在哪里。埋在哪里重要吗?"

当时的我因为放假正好待在旁边,也觉得父亲说得在理,插嘴问道:"爸你真的不需要块墓地吗?"

"那还用问!要什么墓地!国家就这么巴掌大点,

死的人都要埋地里的话，还有地剩下吗？我们死了的话，就一把火烧了吧！"

母亲的嘴角抽搐了一下，好像有话要说，但她被父亲说自己不唯物主义的话压得喘不过气，也就没有张口。

"烧完以后你看哪里方便就撒到哪里吧。撒到河里喂鱼也行，撒到田里当肥料也行，反正死都死了，这身子总得派上点用场啊。"

这么唯物主义的回答，我挺满意的。

"那祭拜的时候怎么办？"

"祭拜什么祭拜，你要是有兄弟姐妹，还能趁这个机会见个面聚一聚。就你一个人，有什么好祭拜的。"

父亲果然骨子里就是个唯物主义者。我是个不孝女，父母八十多岁还没给他们找好墓地，连遗照都没有想到要拍。但既然这是父亲的遗志，我照办就是了。果然唯物主义就是简单干脆。

有人拍了拍我的肩膀，是米糕店姐姐。她的手艺远近闻名，开店赚了不少钱，代价就是关节炎和腰椎间盘突出。因为身体吃不消，姐姐的店很早以前就关了，但我还是习惯叫她米糕店姐姐。

"姐你从哪儿进来的？我一直看着入口啊。"

姐姐指了指通往厨房的后门。

"这儿还有个厨房能用呢。这儿挺好的。叔叔走的最后一段路,我还能给他亲手做一顿饭菜。"

这时,休息室里又传来了一阵哭声,是堂姐们进去换衣服见到了我母亲。

"是你堂姐们来了吧?"

姐姐果然阅历丰富,不用看也知道。也是,讣告才发出去没多久,能在这个时间点赶来的只有住得近的人,如果不是堂姐们,母亲也不会哭得这么大声。姐姐在我耳边轻声问道:"你请她们当丧主了吗?虽然我知道你一个人肯定也没问题,但你还是私下试探一下她们是怎么想的。她们应该会答应的。"

姐姐的话跟东植说的一样。是因为只有一个女儿做丧主不合礼数吗?还是说不管是女儿还是儿子,只要是一个人做都不太好看?我虽然不理解,但也没有必要坚持自己独自承担。虽然父亲经常说凡事都得靠自己,但想必在他自己的葬礼上,他也不会怪罪我找了堂亲们帮忙。更何况父亲也说了,死了就一了百了,那这后事就全由我负责,由我决定了。

"嗯,她们去换丧服了。"

"那就好。她们本来就是爱揽事的人,不这么做的话,怕到最后说什么不中听的话,委屈了你。"

原来姐姐的想法跟我完全相反。看来在洞察人心这件事上,我不如小学文凭的姐姐,并不只是因为我无暇顾及这些。别人都评价我"正直果断""精明干练",但我也常常会莫名搞不清楚状况。父亲也是一样。所以我才无法否认自己是个游击队员的女儿,即使这个身份紧紧扼住了我的一生。

换好丧服的堂姐们扎堆走了出来。三个堂姐、三个堂姐夫,加上堂哥一家,坐满了两张桌子。米糕店姐姐轻轻拽了拽我的衣角,一反常态地用非常尊敬的语气说道:"麻烦请出来一下,有事商量。"

堂姐们都望了过来,似乎好奇说话的人是谁。姐姐一边站起来,一边自我介绍:"我是这边负责厨房的。"

"那拜托你了。"

堂姐们听说是负责厨房的,一下子失去了兴趣。我便跟着姐姐进了厨房。

"饭、汤,还有煎饼都可以在这里自己做,但还有一些得从外面点。米糕、水果和白切肉都是最基本的。橡子凉粉不点也可以,但挺好吃的,干脆点了吧。钱是要多花一些,但听说首尔来的都爱吃这个。不是很多亲友要从首尔过来吗?你同意的话,我就帮你看着办,你安心送你爸就行。"

其实都不需要问。我对这些事情一窍不通，而姐姐是久经沙场了。在经营米糕店之前，她就经常到办红白喜事的人家里帮忙操办宴席。有姐姐帮忙，自然是再好不过了。看来父亲走的时候还是挺有福气的。

刚过了没几分钟，姐姐就从后门探出头来找我，说："大姨还没吃东西吧？我怕她消化不好，给她煮了一些芝麻粥。又想着你堂亲们也都年纪大了，就多做了一些。你给送过去吧。"

姐姐塞给我一个托盘，上面摆着芝麻粥和几样小菜。

"你跟我妈打个招呼吧。"

"晚点儿吧。晚点儿没那么忙的时候。"

还没等我劝第二次，姐姐就匆匆回到厨房里了。虽然姐姐平时对待不认识的人的葬礼就很认真，但还是能看出来，姐姐今天奔走操劳，格外用心。所以父亲与其他逝者不同，还有一个为他悲痛的人亲手给他准备一桌祭品。想到这里，我突然很希望父亲说人死了就一了百了的唯物论观点是错的，因为父亲生前最喜欢吃姐姐送米的各种小菜了。

最后一段路，父亲津津有味地吃着生前最爱的食物，他享受的样子如幻影一样浮现在我脑海中。但我很快摇了摇头。在我的记忆里，父亲没有一刻不是唯物主义者。

从尘土里诞生的生命最后回归大地,化成滋养大地的一撮养分——这是唯物主义的父亲坚信的正道哲学,一种悲凉的哲学。说不定人们就是因为无法忍受这种悲凉,才会相信灵魂的存在,又虚构了一个死后的世界。

刚才还号啕大哭的堂姐们不知从什么时候开始谈笑风生了。她们游走在高声谈笑和恸哭流涕之间,而我捧着盛好芝麻粥的餐盘,望着她们失了神。一切都好陌生,像一场朦胧的梦。

*

黄老板递来了一杯速溶咖啡。其实一宿没睡,此刻的我最需要的是一杯浓郁的现磨咖啡,但乡下的殡仪馆不可能具备这样的条件。很久没喝的速溶咖啡甜得让我的身子都有些哆嗦。

"小妹,你想好了吗?土葬还是火葬?"

我想都没想,也没跟母亲商量,就选择了火葬。父亲不也说"一把火烧了,看哪里方便就撒到哪里"吗?就算想要土葬,父母他们也没能为自己买下一块半块的墓地来,我更没有这样的能力。如果把房子抵押出去,倒是可以在公墓里买上一小块，但现在已经晚了。父亲走得太急，没给我留下准备的时间。天性勤勉的父亲最后一程也流星赶月一般。

"那这样的话，要先去开一个死亡证明……你去你爸去世的医院开个十份左右吧。丧主就你一个人，这可怎么办。所以还得多几个兄弟姐妹才好办事……"

"什么时候要？"

"当然越快越好啊。要有那玩意儿才能预约火葬场。求礼没有火葬场，要去南原或者顺天才行，而且那里经常是约满的，时间可能比较紧张。"

到现在为止来殡仪馆的都是些老人，我得趁着还没那么忙的时候，亲自去一趟，要不到了下午，首尔的亲友们就该扎堆抵达了。这时，东植从办公室的门外嗖地把脑袋伸了进来，好像刚才就在外面偷听一样。

"你干吗呢，抓着我妹妹不让她走。她可是丧主，要迎接宾客的。"

"光是你妹妹吗？她也是我妹妹啊。我让她去开死亡证明，有问题吗？"

"我以为什么事情呢，她这么忙，就这点鸡毛蒜皮的事还要缠着她？你不看看我是谁？"

我还没认这两个哥哥，他俩已经为了我这个妹妹斗起嘴来了。东植说完,从夹克的内口袋里掏出了一个厚厚的信封。

"我可是村里的老黄牛朴东植!"

我好像明白父亲为什么看重东植了。父亲也是村里的老黄牛,还是自告奋勇的那种。村里的事情,不用等别人开口,父亲就会主动冲在前头。村里的人也都知道这一点,所以一有事就来找父亲。母亲一直看不惯父亲总是拖着家里的事不管,把别人的事放在首位。而我更看不惯的是,父亲都已经年过花甲,还那么单纯地——准确地说是愚蠢地——无条件相信别人。

有一次在插秧的时节,村民们互相帮着干农活儿,最后才轮到我们家的小梯田。凌晨一点左右,电话铃声突然响个不停。父亲前一天去帮别人家插秧回来后,傍晚刚过就昏睡过去了,听到铃声一骨碌爬了起来,用清醒的嗓音接起了电话。来电的是同村的韩大叔,说自己的女婿车祸死了。韩大叔的女婿住在求礼,每天开车到光州高中上班,前一天他和同事聚餐喝了酒,在鸭绿村附近跟卡车相撞,当场就被卡车轧死了。韩大叔的女儿只有初中毕业,但长得好看,嫁给了这个高中老师,韩大叔张口闭口都在夸的女婿就是他。

"先叫个车。"

父亲随便捡了一件衣服穿上就准备出门。

"你这么走了,我们田里插秧怎么办?"

"人都死了,你还有空说这个!"但这事关我们一家三口一整年的生计,说这个是理所当然的。二十亩地的收成中,还有一部分要用来贴补我的大学学费。

"大家来了以后,你看着让他们帮忙吧。我尽早回来。"

"不是自家的事情,就算主人盯着看,别人也是应付了事,人都是这样的。更何况我还要在家准备饭菜,谁来盯着他们干活儿啊。老韩女婿又不是孤儿,肯定有父母兄弟姐妹吧?有他们在就行了。你一个外人,凑什么热闹啊。"

母亲虽然是个社会主义者,但也依然坚信人的本性就是会对他人的事情应付了事,所以拦在了父亲面前。

"要不是迫不得已,人家这大晚上的会给我打电话吗?!"

又是这该死的"迫不得已"。"要不是迫不得已,至于这样吗?"已经成了父亲的口头禅。我和父亲不同,我不相信别人真的是迫不得已才来找我父亲的。人在遇到困难的时候,通常会找自己最信任的或者最好说话的人。无论是哪一种,结局都一样:这些在困难时获得别人帮助的人，能一辈子把那份恩惠记在心里的，十个里都没有一个。受恩惠的人比施恩惠的人更加健忘。出手相助倒不是图什么回报，但好意被人遗忘，还是会受伤，至少大部分的人都如此。不过作为社会主义者的父亲就算这样也不会受伤。因为他相信，人们都是迫不得已才这么做的，要怪就怪社会的结构性矛盾，所以才更需要革命。

对于自己认为正确的事情，父亲绝不会妥协，所以他推开母亲，一头钻进了夜色里。那天，是父亲再一次发挥了游击队员的特长，把卡车下韩家女婿被轧得粉碎的尸体——连医院急救队都难以下手、惨不忍睹的尸体——收拾了回来，就像他许多年前收拾那些被砍了头、中了枪、脑浆四溅、内脏暴露的战友尸体一样。后来父亲还四处奔走，帮忙安排医院和殡仪馆，直到深夜才回到家。而那时母亲还在田里没有回来。

正如母亲预想的那样，村民们在我们家那块不规整的梯田里插的秧歪歪扭扭，连四角都空着就草草收工了。于是母亲一个人伴着星星，把二十亩田的边边角角都插满了。直到父亲睡死过去后，母亲才手脚并用地爬了回来，一边给破皮的膝盖涂药，一边强忍着不让自己哭出声。冷峻如我，也不知道性格像谁，听着母亲极力压抑的哭声想：如果母亲逃到了北边，对自己的农活儿如此费心，肯定一早就被清算了，这就是他们所坚信的社会主义的真相。

几天后，迫不得已在凌晨一点求助父亲的韩大叔提着两斤猪肉前来表示感谢，一副随时都要哭出来的样子。不过父亲帮付的打车费他没有还回来。

"父亲的老百姓就是这样的呗。"

听到我的冷嘲热讽，父亲用他一贯的斜眼瞪住我，好像我是一个外人，不对，好像我是别人家的"惹事精"一样，说道："要不是迫不得已，他至于这样吗？！这点钱都给不了，你说老韩的心里有多难受！"

迫不得已个鬼。没过多久，韩大叔就为恢复单身的女儿卖了房，条件是自己要在新房子里再住上十年。所以韩大叔有钱给女儿，却永远没钱把我父亲付的打车费还给他。父亲也完全没有放在心上，反而多次往返于镇子和光州之间，忙着帮韩大叔处理身故保险理赔的事情。

自称跟我父亲一样是老黄牛还以此为傲的东植递给黄老板两张我父亲的死亡证明，然后把剩下的交给了我。看来要用到的地方还挺多。父亲因为赤色分子的身份，出狱后还是经常被特殊对待。搬家的时候要提前向辖区的警察局报备；一旦离家三四天，就得要事无巨细地把去哪里、去见谁、做什么都交代清楚。就算他老到连一袋二十公斤的栗子都抬不动了，还是有一名刑警负责盯着他。虽然说到了这一步，不管是盯梢的人还是被盯梢的人都已经习以为常，变成称兄道弟、一起碰杯的朋友了，但总之，父亲似乎直到死后，才得以走上一个正常大韩国民正常的人生流程。

"哎呀，看我这脑子。小妹，你快去看看。说是盘内谷的老人家们全来了。我就是来告诉你这个的，结果光开些没用的玩笑了。"

出来一看，老家来的客人们都已经吊唁完毕，陆续在堂亲的隔壁桌落座了。盘内谷的人，就差小叔没来了。我突然想，我是在等小叔吗？虽然我觉得怪罪他人是一种没用的表现，有些看不起小叔，但我骨子里还是父亲的女儿，我还是有些期待被意识形态的激流所裹挟的父亲和小叔，能够在死亡面前像普通兄弟一样冰释前嫌。

在一群八十多岁的老人里，有一个陌生而又年轻的女人。不过说年轻，其实也已经是头发花白，看起来年过半百了。向老人家们打过招呼之后，那个年轻的女人轻轻抓住了我的衣角，而我怎么看都觉得她很陌生。

"你认不出我了吗？我是英子，张英子。我一眼就认出姐来了。姐你是一点儿都没老啊。"

英子是前面张家的大女儿，比我小两岁。我甚至有些记不清上一次见到她是什么时候。英子中学毕业后就去釜山的一家鞋厂上了班。我还隐约记得，逢年过节的时候，英子手里提着满满一袋给弟弟妹妹准备的礼物从出租车上下来的样子。还有一次过什么节日，英子两手提满了礼物，高跟鞋不小心深深扎进了泥地里，她一副进退两难、手足无措的样子。好像那就是最后一次见到她了。当时没有穿过高跟鞋的我觉得，那深陷泥潭的高跟鞋似乎就是英子未来的写照，心里一片荒凉。

"好像听说你在釜山生活啊，你怎么来了？"

"恐怕跟你爸也是有点缘分吧，正好昨天晚上回来了，所以就来跟你爸道个别。要不从釜山到这里，哪能一下子专程赶来。"

英子和父亲的缘分，并不是只有邻里关系这么简单。有一次张大叔来到我们家，一个劲地叹气。

"你倒是说句话呀，来这里不就是有话要说吗？你倒是说呀，光叹气干吗呀？屋顶都要被你吹翻了。"

"又被人给拒绝了。"

"你这话没头没尾的，我哪里知道你说的什么意思啊。"

"我说英子。看来是真嫁不出去了。"

"长得这么标致,你这是什么话?"

"这孩子像她妈,身上味道比较大。"

跟英子在一个村子一起度过了童年,我却对此完全不知情。英子有七个弟弟妹妹,所以她从三四岁的时候就背着哄着一点儿大的弟弟妹妹,还要洗他们拉了屎的尿布,根本没有时间跟周围的孩子一起玩。所以我一直以为她是因为忙才不去别人家串门,完全没想到还有这样的内情。

"那味道大的哟,在宿舍都得自己住。谁要跟她住一晚上,都得堵住鼻子赶紧逃跑。所以工厂也干不下去了,回到家里饭也不吃,就一个劲地哭。我这个揪心的呀。又不能一辈子自己过,真不知道该怎么办。"

"你怎么不早点来找我,自己一个人发愁有什么用。"

"有什么法子吗?"张大叔赶紧挨着父亲坐下,问道。

"所以我不是一直让你们多看报纸嘛!现在这个年代,哪还有人为了狐臭担心嫁不出去的,做个手术就能治好的事情!"

张大叔的眼睛一下子亮了。狐臭还能做手术这件事我也是第一次听说。父亲好像一下变成了救世主,当着张大叔的面,潇洒地拿起了电话。

"欸,你正好在家呀。明天我带个小姑娘过去,要做狐臭手术,你帮个忙。"

但凡周围人要上医院,父亲就会毫不犹豫地给全南大学医院的一个内科医生打电话。也不知道他们是怎么认识的,总之那个医生就因为跟我父亲成了朋友,不得不"包治百病",帮求礼的老百姓擦屁股。内科就不用说了,外科、皮肤科、妇产科的事情都得管。但即便是这样,他也没跟我父亲断绝联系,估计是在年轻的时候,也曾经染过一些赤色。

第二天,父亲就带着哭到眼睛红肿的英子去了光州。但做完手术回来没几天,张大叔又在深夜提着玛格丽米酒找上门来。

"我这操心的啊,要熬不住了。"

"手术不是挺成功的吗,又怎么了?"

"狐臭是没了。"

"然后呢,又有什么问题?"

"一个女孩子家,还没嫁人呢,胳肢窝那里就被划了长长一道疤,你说她心情能好吗?一大到晚哭个不停。"

"那可是在身上开了刀的呀,它能不留疤吗?"

就好像是救了落水的人,还被对方责怪没把自己的包袱也捞上来。常把"要不是迫不得已,至于这样?"挂在嘴边的父亲,这次好像也有些哭笑不得,一句话也说不出来，只能一根接着一根地抽烟。但或许手术的疤痕还是比狐臭要好一些，没过多久，英子就遇到一个不错的男人结婚了。好像这之后，就没听过关于英子的消息了。大概后来也没过过什么苦日子，所以虽然有不少白头发，但她那张年轻时就漂亮的脸蛋依旧散发着滋润的油光。

"英子后来生了两个儿子、两个女儿，过得挺好的。都是托你爸的福。幸好听你爸的做了手术，要不可能都嫁不出去。"

当时抱怨说"一个女孩子家，还没嫁人呢，胳肢窝那里就被划了长长一道疤"的张大叔，这会儿也把当年的抱怨忘得一干二净，说起了漂亮话。上了年纪的英子，还是跟过去一样恬静不爱说话，只是在一旁抿着嘴笑。

"听说当年还因为身上留疤哭了好几天呢？"

听到我故意闹她，英子的脸一下子红了。还是张大叔赶紧接过话茬，说道："留疤有什么大不了的，当年差点嫁不出去了。"

"日子久了，伤疤也就淡了，现在看着还行。叔叔真是我的恩人。早该趁着他还健在的时候买些牛肉什么的过来问候一下，结果这日子过着过着就……真是对不住。"

又做女工，又是四个孩子的母亲，肯定很辛苦。我好像看到了那个小时候背着弟弟妹妹、洗着尿布、四处奔走的英子，她的人生像走马灯一样清晰地呈现在我眼前。或许其中就有一幕，是英子拽着我父亲的手，焦急地等待着手术。所以，就算父亲走了，也会有一些身影被印刻在他人的时光里，每次回想起来，父亲就鲜活地活在那里。我突然有些想念父亲，想念他在我的时光里留下的无数个身影。

*

到了下午，渐渐来了许多叫不出名字也没见过面的宾客。都是父亲的朋友，而我邀请的还没来。虽然有堂姐们轮流站在丧主的位置迎接，但我也不能走开。上一秒还在听一个人说着跟父亲的回忆，刚有些感伤，下一秒新的宾客又迎了上来，我的眼泪都来不及涌上眼眶。看来这三天会成为我人生中最奔忙的三天。

乐榗游走在一张张桌子中间，细心地替我承担着丧主的责任。黄老板时不时探出头来看看现场的状况，之后好像觉得不用担心殡仪馆的费用了，便带着满意的微笑消失了。

这时大堂姐带着一个人进了吊唁厅,是一张熟悉的面孔,像是她的大女儿京熙。京熙比我大五六岁,但论辈分来说,我是长辈。每次放假她都会回来,所以小时候我们的关系还挺亲近的。虽然我是小姨,但小时候差个五六岁,简直就是一个天一个地。我很清楚地记得,当时的我觉得她的首尔腔调特别好听,经常跟在她后面叫她姐姐。奶奶或是大堂姐每次看到京熙对我说话没大没小,就会毫不留情地在她背后打上一巴掌。

"她就一个小屁孩,小姨什么小姨嘛!"

京熙从来没有叫过我小姨,就算被大人教训了,还是会理直气壮地反驳。而我也不想被一个俨然大人模样的京熙叫小姨。所以郁闷的只有京熙而已。其实京熙年纪比我大,只要大人在的时候别叫我名字就行,可她不乐意,所以总是挨揍。

"姐,好久不见了。"

"哎呀,你这孩子。你怎么还叫姐呢?她是你外甥女,叫什么姐呀。"

"就是,小姨。你别见外了。"

小时候宁死也不愿叫我小姨的京熙,在这么多年之后,大大方方地叫出了口。好像是生怕别人不知道她俩是母女,京熙和大堂姐不仅长得像一个模子里刻出来的,连行事作风都如出一辙。我还记得父亲夸京熙，说她这个年代还生了五个孩子，待人又和气。堂亲那一桌坐得满满当当的，但京熙还是坚持挤在了中间。大伯家的一大家子就是跟别人不太一样，特别有凝聚力，就算散落在全国各地，还是能办成聚会，一年聚上四次，像办喜事一样热闹、开心。

"你不是要带孙子吗，怎么也来了？"

三堂姐问道。京熙一边把筷子伸向橡子凉粉，一边回答说："别人不好说，但二爷爷走了，我得来送送他啊，三姨。二爷爷对我这么好……"看来米糕店姐姐说得没错，橡子凉粉贵是贵了点，但确实最好吃。

"怎么好了？放假的时候看到你们确实特别亲近来着。"

"多亏了二叔，京熙这条腿才保下来的。"

我这才想起了一段深藏已久的回忆。那时我还在上高中。京熙读完高中后就在一家公司当了一个小出纳。一天一大早，大伯家就跟闹了丧事一样，传来了一阵号啕大哭的声音。没过多久，就看到大堂姐揪着京熙的头发，拽着她出现在了我们家。京熙一直扯着嗓子嗷嗷哭个不停。

"二叔，你说该拿她怎么办吧。这臭丫头迷上了耶和华见证人还是什么的邪教,这下要把我们家都搅没了。淑子不也是迷上了教会,嫁给了一个马上就要死了的男人吗?我现在一听到这个教那个教的,就恨得牙痒痒,浑身的肉都跟着抖。"

大伯家最小的女儿淑子是几姐妹中长得最好看的,而且跟大堂姐的年纪差得比较多,所以在姐姐们的帮助下读完了高中。堂姐们特别希望这个最小的妹妹能嫁个好人家。淑子姐在镇里读中学的时候就加入了基督教,后来在牧师的介绍下跟一个男人相亲,很快就结了婚。男方父母都是教会的执事,一家人都是虔诚的信徒。也不知道牧师介绍的时候是否知情,总之后来发现男方已经到了癌症晚期。

淑子姐的丈夫不出半年就死了,只给她留下了一个遗腹子,是个女儿。婆家本来期待生个儿子传宗接代,结果一看是个女儿,就把淑子姐和刚出生的婴儿赶出了家门。父亲火冒三丈,没想到一个信奉上帝的人竟然可以如此人面兽心,领着淑子姐一路杀到了光州。但这场风波还是以父亲的惨败告终。还没说上几句,父亲就被泼了一盆污水,悻悻而归。父亲后来咂着嘴说那些人就是些不值得交往的家伙,接下来的那句话我至今都还记得:"你不知道他们有多能说会道,舌头上都要长出花来了。看来要练好口才,信耶稣就行了。"

在村里,父亲的能说会道是出了名的。但事实上,不管是吵架还是打架,父亲都一塌糊涂。只要对方脏话一出,父亲就立刻败下阵来,因为他根本不懂得怎么对付脏话。

"哎哎,你冷静一点儿。先冷静下来,才能辩出个对错不是?!"

但冷静的人不会吵架动手,明辨对错的人也不会与人争执。聪明的父亲却没能明白这个道理。所以在那些火冒三丈、铁了心要吵架动手的人面前,他绝对赢不了。这样的父亲也让我很难相信他当年竟然是一个提着枪穿梭在白云山和智异山之间身经百战的勇士。我曾经肯定地认为,父亲只是背着枪在山里奔波罢了,毕竟脚程是挺快的。

在亲家那边狠狠吃了一顿亏之后,父亲很天真地问淑子姐:"你的人生都被教会给毁了,你但凡是个人,都不会再去了吧?"

父亲傻乎乎地对此深信不疑。但在我看来,淑子姐跟父亲完全是同一类人。当年父亲在山里吃尽了苦头,出来还要参与组织的活动最终被捕,当时家里人看他的眼神,多半就跟此时他看淑子姐是一样的。

正如父亲结束了漫长的牢狱生活出来后依然没有放弃社会主义信念一样，淑子姐也没有放弃对上帝的信念，反而认为这些苦难都是上帝给自己的试炼，在宗教里越陷越深。那之后我们一大家子一提到教会就忍不住摇头，更不用说这次是一个邪教了。京熙这下要遭殃了。我一边想，一边悄悄站起了身。接下来说不定要大闹一场，我可不想凑热闹。正要开门的一刹那，父亲用异常低沉的声音说道：

"由她去吧。"

父亲令人意外的回应让京熙的眼泪一下止住了。大堂姐也没反应过来怎么回事，追问了一句："什么？"

"我说，她要咋样，就由她去吧。"

"二叔！你亲眼看到淑子那副模样了还这么说？人家都说这是邪教，比教会更严重的啊！"

我也想反问父亲，不是说宗教是民众的鸦片吗？可转眼我就想明白了，父亲在监狱里也算是经常接触这类人了，后来还不厌其烦地称赞过他们好多次，说他们要比某些自私的同僚好得多。

"一来反对打仗吧？二来没有'十一奉献'①吧？没

---

① 源自《圣经》的宗教传统，具体表现为将信徒个人或家庭收入的十分之一奉献给神。

什么不好的。这些家伙都是因为反对打仗，不愿去军队，才主动把自己送进监狱的，很了不起。而且听说他们没有牧师，应该也不会敲诈别人钱财，断送别人前途。"

一听到"不会敲诈别人钱财，断送别人前途"这句话，大堂姐瞬间没了脾气，甚至也没再追问这句话是不是真的。家人们都把父亲的话奉为准则，父亲说一就是一，父亲说二就是二。只要不是劝他们变成赤色分子，就算父亲指着骡子说是马，他们也会信。大家时不时就叹着气说："你说他这么一个正直又聪明的人，怎么就成赤色分子了呢？"然后还会再加上一句："不过也是，那年代，但凡聪明点的都是赤色分子。"

"何止是聪明点的都是，随便是个虾啊蟹啊的，都是赤色分子。"

刚解放后的韩国是什么样，书里没有教过，我都是在家里这么东一耳朵西一耳朵听来的。一听到全家人都认可的二爷爷站在自己这一边，京熙立马捋着满头的乱发，理直气壮地冲她妈妈吼道："妈你就是什么都不懂！还是二爷爷有文化！就算在这种山沟沟里生活，也对我们这么了解。"

小学毕业的父亲突然被捧成了有文化的人，本来默默接受夸赞就是了，结果他还一本正经地说："京熙啊，人的想法随时都会变的。所以你也再好好想想,全世界的科学家不都赞成进化论嘛,难道他们都是傻的?所以啊,你别光听教会说什么。多读书,多学习,别光想着上帝,用你自己的脑子好好想想。这就是为什么人身上长着个脑袋啊。"

京熙虽然不太高兴,但毕竟自己的宗教得到了认可,又不好反驳,也就噘着嘴、挠着掉了一大撮头发的后脑勺回去了。

京熙的信念跟我父亲相比有过之而无不及,传教的能力更是非凡。传教的对象除了自己的弟弟妹妹,还有其他堂亲,在我们这个大家族里她共发展了六名教徒。相比之下,父亲从山里出来后,却没能把社会主义传播给任何人,甚至连自己的女儿都影响不了。在得知好几个甥侄都成了耶和华见证人后,我就想,看来我们家真的是一个重信仰的家庭。宗教也好,意识形态也好,总之少了信仰就难以维持。

父亲说得没错,京熙的钱财没有损失,前途也没有被断送,反而遇到了另一个"见证人",结了婚。两人夫妻恩爱,生了五个孩子,京熙还找了份不错的工作,日子过得很滋润。而且听说她很早就在盘浦还是蚕室那边全款买了一套带两个洗手间的房子。

"还好当时去找了二叔,要不光听你们说的,差点把京熙给收拾了。"

二堂姐塞了满满一口橡子凉粉到嘴里,一边嚼一边含糊地问道:"我们怎么了?"

大堂姐一巴掌拍在二堂姐的背上,发出清脆的响声。

"信耶和华见证人的话,就要把家败光了,非得把她狗腿打断不可,这句话是不是你说的?好好的一孩子,差点就因为听了你的,把她当混账收拾了!"

"那还不是因为别人都这么说,我担心嘛。我还能故意把她当混账不成?现在过得好就行了呗。都多久前的事了,现在还拿出来嚷嚷。哎呀,你这老太太下手还真狠,哎呀,好疼啊。"

二堂姐一边揉着挨了巴掌的后背,一边说。大堂姐抚摩着京熙已然像自己丈夫一样花白的头发,大概是回想起了自己紧紧揪着京熙当时乌黑亮丽的头发到我们家的场景,心里有些过意不去。

"孩子,你把头发染一下吧。还没到六十呢,叫人看着都得以为你是个老婆子了。"

"就是说呢,这点要遗传妈多好啊,光遗传到些不好的……要是脸像爸,头发像妈就好了。"

话音刚落,大堂姐就往京熙背上拍了一巴掌,不过跟拍二堂姐不同,这次的力道很小,声音很轻。

"你这孩子,我年轻的时候也是个美人来的。"

结果五十多岁的京熙调皮地吐了一下舌头。

"你还不信?二妹,你来说句公道话。"

二堂姐刚端着一碟装得满满的橡子凉粉回来,听到这儿耸了耸肩说:"论脸蛋,还得是姐夫。当年姐夫骑着马进柴门的时候,我那个心跳得扑通扑通的。京熙你啊,跟你妈长得一模一样。要是长得像你爸,拿个韩国小姐什么的根本不在话下。"

"你们这些家伙!"

二堂姐的几句话把大家逗得开怀大笑。被夸赞脸蛋比大堂姐还好看的大堂姐夫坐在桌子的另一端呵呵地笑着,一脸和善。这样的画面对我来说很陌生,在我们家从来没有出现过。我们家的对话大致可以归纳为三类:

一是要事。例如我大学要读什么专业之类的。父亲问我,我就回答。我说要去英语系,父亲就说去新闻系或者法学系吧,出来当个记者。我没有反驳,事情就敲定了。所谓的要事还包括:吃饭还是吃面——父亲说吃饭,我说吃面,于是就定了吃面;吃萝卜饭还是白米饭——父亲说萝卜饭,我说白米饭,于是就定了白米饭。这一类的要事几乎占据了我们家对话的一半。要不就是

"去摘栗子吧""来拣栗子吧""干吗把大粒的放到小粒堆里""别应付了事,好好拣""去交货了""把最好的挑出来给娥依的导师"之类的。

二是时政。父母每天一睁眼就要看新闻,经常是母亲问,父亲答。例如母亲问:"这次会是谁上任?"父亲就说是谁谁谁,基本都能猜中。新闻简讯提到朴正熙死了[①]、由国务总理代任总统的那个清晨,母亲又问:"新社会真的要来了吗?"一大早就守着广播的父亲不屑地说:"新社会哪有那么容易来!军方势力能轻易罢休吗?"事实证明父亲这次的判断也是对的。总之我们家里总是进行这一类对话。我成为大学生之后,父亲经常问我:"你们学校怎么样?成立民主学生会了吗?大学生们是怎么看待光州运动[②]的?"也多亏了父亲,我从小就是每天听着美国如何、朝鲜如何、共和党如何之类的话语长大的,跟家常便饭一样。这一类对话又占据了要事之外的对话的一半。

三是游击队的故事。基本是这两位游击队员背着我说的悄悄话。当然,在我们家这么小的地方,什么都能

---

① 朴正熙为韩国第3任总统,上任后施行独裁手段大力发展经济,厉行反共政策。1979年10月26日晚餐席间遇刺身亡。
② 又称光州事件。1980年5月18日至27日由韩国光州市民和学生自发组织的反抗军事独裁的民主化运动。

听见。这些悄悄话占了我们家对话中一半的一半的一半。我就这样每晚偷偷听着游击队的故事学习现代史。

这么说,可能会有人觉得我们一家人之间很少对话,那可就错了。我们家的对话比任何一家都要多,只是都太公共、太有条理、太政治,不会出现"你最近有什么烦恼啊""怎么不学习啊""看着这衣服漂亮就买回来了,你快穿穿看""怎么老穿裤子啊""有没有男朋友啊""怎么不谈恋爱啊"之类普通家庭的日常对话罢了。父母虽然回到了日常生活,骨子里却还是革命家,对于他们来说,什么恋爱、衣服、化妆等等,都是一种没什么意义的奢侈。而我被夹在中间,既不是革命家,也没有什么信仰,从未体会过日常对话是什么滋味,就这么长成了大人又老去了,还变成了一个不能容忍任何不严肃的老顽固。所以父亲啊,我太委屈了!但无论如何都于事无补了,父亲已经死了,就连在死后的遗照里,他也还是一脸严肃、事不关己的样子。

*

二堂姐摸着背又赶忙岔开话题,说道:"姐,你再打个电话吧。兄弟姐妹就剩他一个了,连个影子都见不着,太那个什么了。"

"都说了他不接啊,我有什么办法。"

"你再打嘛,说不定刚刚起来啊。"

看来堂姐们也在为小叔的事情担心,我不在的时候已经打过好几次电话了。大堂姐立马忘了京熙的事,拿起了电话。铃声响了有十声都没人接。大堂姐看了看我的表情。我没告诉她们小叔已经跟我通过电话了,如果她们知道小叔是故意不来的,只怕会更难受。

"孩子,应该马上就来了,多半是昨晚又喝醉了。哥哥走了肯定得来啊,不会不来的。"

我是没关系,小叔不来的话可能还更自在些。不过就像堂姐们说的,他是父亲在这世上唯一的血亲了,就算他觉得这辈子都是哥哥有负于自己,但毕竟两人还是骨肉兄弟。他们之间的那一道隔阂说到底就是父亲的政治思想——对于父亲来说是正确的选择,对于小叔来说却是彻骨之恨。堂姐这么说,是因为我脸上露出了失落的表情吗?

"孩子,你应该不知道吧?"大堂姐把屁股挪了过来,紧紧挨着我坐好,四下环顾了一圈,小声说道,"可能连小叔都不知道。这话我从来没有跟谁说过,估计除了我就没人知道这事。"

高家人都守不住心里话。我很难相信,继承了高家最纯正的血脉的大堂姐,还能有什么事情没有跟别人说过。

"那应该是丽顺事件刚发生后的事情。我还在读一年级,小叔读二年级。当时我们学校两个年级一个班,所以小叔跟我在一个教室上课。"

我还是第一次听说大堂姐跟小叔竟然只差一岁。也就是说,婆婆跟儿媳妇相继产子,中间只隔了一年。这么说起来也有可能,因为奶奶十三岁的时候就嫁到了我们家,在那个年代也不是什么稀罕事。只不过一个是我叔叔,一个是我堂姐,辈分让我一直以为堂姐的年纪要小得多罢了。

大堂姐说就在丽顺事件发生后大概十天,那时秋收已经结束了,刚进入晚秋,早晚天气凉凉的,让人起鸡皮疙瘩。父亲因为被通缉,消失了一段时间之后,突然带着十四团的战士,雄赳赳气昂昂地出现在了村里。十四团就这么在盘内谷停留了大约一周。小小的村子第一次这么热闹,用大堂姐的话来说,就像要大摆筵席一样。小叔跟大堂姐,还有村里其他的孩子们都被年轻军人训练的模样深深吸引,看得忘记了时间。一天,大堂姐又是一大早跑去看部队训练，结果发现那里已经人去楼空，过去几天的喧闹就跟一场梦一样。盘内谷如同打了霜的南瓜叶，一下子变得死气沉沉的了。大堂姐也像泄了气的皮球一样回了学校。结果两个小时的课刚结束，就有军人提着枪闯进了教室。

"见过高尚旭的，举起手来！"

当时还只有八岁的大堂姐从军人的口中听到我父亲的名字，吓得腿都软了。虽然年纪还小，但大堂姐的直觉告诉她，这时可不能告诉他们高尚旭是自己的二叔，也怕哪个孩子张嘴就说"她是高尚旭的侄女"。她把头压得低低的，心里害怕得不行。但是，因为个子矮隔着两排坐在大堂姐前面的小叔，唰的一下把手举了起来。

"高尚旭是我二哥！是文尺乡党委会委员长。"

当时乡党委委员长是乡里级别最高的人，小叔觉得有这样的哥哥很自豪。

"哟嚯！你什么时候见过高尚旭的？"

"他跟军人们在村里宰了三头猪，庆祝了五六天呢，但今天早上一睁眼，就没看见他们了。"

"要是当时坐小叔旁边的话，我肯定偷偷戳他一下，让他把臭嘴闭上，可惜当时隔得远。我当时心里着急的呀，心想要是小叔没点心眼，把该说的不该说的都抖出来该怎么办，他这个人本来就管不住嘴……"一九四八年，自己八岁时的事，大堂姐记得一清二楚，就像是发生在昨天一样。

那天，军人们把枪顶在九岁的小叔背后，进到了村里。因为父亲一早就交代村民们躲起来，所以只剩下当村长的爷爷留在家里。与父亲不同，爷爷是支持韩民党的，所以最看不惯父亲走上赤色道路的人就是他。爷爷没有听从父亲的嘱咐躲进山里，而父亲觉得话已经传到，肯定都躲好了。我不知道爷爷为什么没躲起来，大概是觉得自己本来就支持右派，不至于被当作叛贼吧。如果小叔当时没有说父亲他们宰了三头猪庆祝，爷爷能像他所坚信的那样活下来吗？那天找上门的并不是求礼的警察，而是外地来的军人，几天前被十四团打得落花流水的就是他们。可能正是因为这样，他们根本不在乎爷爷是左派还是右派。当然，这都是过去的事了，当时在场的只有那帮军人、爷爷和小叔，事实真相已经无从知晓了。

军人在离开前，往每一家都放了火。不管是祖上贵族留下的传统韩屋，还是平民老百姓住的破草房，全都燃起了熊熊大火，火焰包裹着浓烟瞬间吞没了整个盘内谷。村民们看到自家着了火又不能下山抢救，只能急得直跺脚。直到看到军人们的身影消失在新修的马路那边，村民们才下山回到了村里。后来是大堂姐在浓烟笼罩的亭子边发现了爷爷的尸体，还有一旁被吓得尿了裤子的小叔。

"那时候啊，如果小叔没有举手的话，说不定爷爷也不会死……"

大堂姐用衣带擦了擦眼泪，自言自语般说道。

那天盘内谷的屋子被烧得干干净净，村民们连一床被子、一件衣服都没能抢救回来，只能穿着身上的最后一套衣服四散而去。

"我们跟着妈妈回了她娘家，奶奶带着小叔和姑姑们不知道去了哪里。再回来的时候，小叔已经完全变了一个人。以前小叔有个外号叫麻雀，每天一睁眼就开始叽叽喳喳地说个不停。爷爷还经常咂着嘴，说小叔这嘴太碎，迟早得吃苦头。没想到后来变得跟个哑巴似的。到我嫁人之前，听他张嘴说话好像都没有超过五次……估计他也觉得那天是自己多嘴了，一直放不下吧。所以啊，这个原本连一秒钟都安静不下来的人，到最后完全把嘴封住了。虽然说后来结婚生了孩子之后多少好了一些……"

没想到还有这样的隐情。我还以为小叔只是埋怨父亲成了赤色分子，毁了这个家，还让自己没书可读，所以才事事怪罪到父亲头上。当时九岁的小叔只是单纯地以哥哥为荣罢了，怎么能想到会因此把自己的父亲送上了绝路。或许小叔真正埋怨的，并不是成了赤色分子的哥哥，而是九岁时自己引以为傲的那个哥哥。小叔那不把自己灌醉就无法承受的人生，和只能对自己哥哥发泄的怒火，第一次让我觉得很可怜。

"不知道是因为我当时也还是个孩子，还是别的什么原因，总之那天的事我一直都没敢提起。现在想想，不管是生错了时代的二叔还是小叔，都特别让人心酸……搞不好现在小叔也在回忆那天发生的事，两兄弟就是从那天之后成了仇家……"

村庄被熊熊的火焰包围，灰色的浓烟遮盖了灿烂的秋日天空。就在那烟火中，九岁的小叔尿湿了裤子晕倒在地，爷爷躺在祖上世世代代吟诗作对的亭子旁，连中三枪，死不瞑目——大堂姐的讲述太过生动，让我似乎回到了一九四八年的秋天，站在村里见证了这一切。

"不过，孩子，就算小叔不来，你也别太失落。他心里肯定也不好受，这会儿肯定又是醉得一塌糊涂了。"

父亲知道吗？比自己小那么多的弟弟因为自己做了乡党委委员长如此自豪，又因为这份自豪把他们的父亲推向了死亡,最后因为这一辈子放不下的遗憾而把哥哥当成了仇家?我总觉得父亲应该知道,所以他才会每次面对小叔的破口大骂,都像一尊佛像一样默默地坐在我们家或小叔家的檐廊上,只是大口大口地抽烟。不过他也可能只是隐约感觉到,却不知道具体内情,毕竟没有人看到那天的真相。那天小叔需要独自承受的恐惧和自责,若不是亲眼所见,又怎么敢说自己知晓呢?果然,小叔也有小叔的苦衷。那是一些少了烈酒的麻醉,就一刻也无法承受的苦衷。

*

会客厅已经够热闹的了,外面却传来了更大的喧闹声。一直用丧服系带擦眼泪的大堂姐转过身,从座位上站了起来。没想到聒噪又粗枝大叶的大堂姐的内心此刻却像一个熟透了的水蜜桃一样,感觉轻轻一碰就会破出水来。这不禁让我怀疑,眼前这位真的是我认识的那个爱操闲心又有些粗野的大堂姐吗?我是不是其实什么都不懂?我打开了会客厅的门,看到一个老人正挥舞拐杖敲打着吊唁的花圈。

"县长？这个又是什么？国会议员？"

也不知道什么时候多了十几个花圈一字排开，其中有着知名国会议员名字的那个格外抢眼。我跟他自然是从未打过照面，只知道他曾经是很有名的社会运动家，从事过工人活动，现在是进步政党的国会议员。这样的一个人怎么会知道我父亲去世，还送了花圈过来？我不太清楚。只知道九十年代之后，我父母接受过几次采访，节目播出之后，除了记者，也有不少别的人找上门来。那个国会议员或许就是其中之一。

"赤色分子死了，拍手叫好都来不及，这些吃着公粮的人，跑来这里凑什么热闹？打算要走共产主义统一路线了，还是怎么的了？"

这时，不知从哪里回来的黄老板赶紧迎了上去。

"哎哟，您这是干吗啊，都是认识的人。"

黄老板一边拽着老人要往办公室走，一边冲我使了个眼色，用下巴示意让我回吊唁厅。老人右裤腿的下半截空荡荡的，明明腿脚不便，力气却跟头牛似的，在黄老板的拉扯下还是纹丝不动。

"他不是你哥的朋友吗？在哥哥朋友的葬礼上胡闹能行吗？"

"谁跟他是朋友！他就是个混蛋，把我哥变成了赤色分子,把我家都毁了。我高兴都还来不及!死得好啊!"

老人被黄老板一点点拽往办公室,说着还不忘转身啐了一口唾沫。其实在韩国,对赤色分子指指点点的又何止这个老人呢?父亲这么些年都是这么活过来的。我脑子里明白,心脏却止不住地怦怦直跳。即便到了二十一世纪,正直聪明的父亲对于某些人来说,也不过是个可以被随意吐口水的赤色分子罢了。

"黄老板,你说我能不愤怒吗?啊?你想想,我跟越南人打仗成了个瘸子,一分钱没捞着。结果一个赤色分子死了,又是县长又是国会议员的都来送花圈,像话吗?那混账是独立军还是爱国将士?都不是!他就是个叛贼!"

直到两人都进了办公室,我还是留在原地,挪不开步子。如盛夏般炽热的阳光炙烤着停车场的水泥地,好像有一股热浪翻滚着从地面升腾起来。

"欸,小姝。愣着干吗呢?你进去吧。"

我不知道该说些什么,黄老板温柔地拍了拍我的后背,说:"你别放在心上,这老爷子就喜欢到别人葬礼上撒个泼,趁机讨上几杯酒喝。你爸活着的时候他俩关系还不赖,之前还一起喝过酒,他喝几杯就会睡过去……

等他酒醒了，肯定自己都觉得特别后悔。你别担心了，忙你的去吧。"

黄老板说完急匆匆地朝厨房走去，应该是去取招待老人的酒和食物了。黄老板捧着酒和下酒菜回到办公室之后，我还在原地停留了好久。不管是为了蹭酒喝还是为了别的，老人说的话都是事实。在韩国，很多人都是这么看待我父亲的，甚至可能还会有人像老人一样对我父亲的死拍手称好。可我父亲究竟犯了什么罪，死了都无法被原谅？这会儿太阳越升越高，地面也越来越热了。

黄老板把头探了出来，跟我对视了一下，招招手让我过去。他和跛脚的老人站在了花圈前。我这才有机会把那些花圈挨个儿细细看了一遍：求礼和谷城县县长、正义党国会议员、校长、院长、系主任、某某出版社……来自各处的花圈排成了一列，足足有二十多个。大多数我都不认识，但多少能猜到一些。有一个跟我很要好的前辈当了母校的校长，这些人应该都是受了他的影响。那个前辈组织过学生运动，得知我父母是游击队员后，就提着几斤肉专程到盘内谷拜访过。看来他如今虽然立身扬名了，却还保留着当年的那份心意。尽管我觉得把钱花在三天后就要扔掉的花圈上有些浪费，但对于前辈来说，应该是花了很多心思的。难道这就叫权力吗？我也不知道该高兴还是该生气。这时,那位在越南战争中伤残的老兵正不停地摇头,边扫视着花圈绸带上的字边问我:"你是叫娥依吧?大哥经常提到你。"

刚才还用拐杖抽打花圈的老人喝完酒,反而清醒了过来。

"刚才是我有点太激动了。想到我哥死了,大哥却活到今天,一时生气没控制住。而且大哥死了,葬礼办得这么隆重,我哥死的时候,一个知道的人都没有。不过也多亏了大哥,我才知道我哥是什么时候死的,还找回了尸体。要不然都不知道该怎么祭奠他。"

老人把拐杖夹到右腋下,开始在裤子口袋里翻找起来。最后他掏出几张皱皱巴巴的纸币,把那些一千元五千元不由分说地塞到我手里后,拄着拐杖转身离开了。嗒嗒……就在那拐杖敲击水泥地面的响声渐渐远去之后,我把纸币一张张展开,数了数,一共是一万七千韩元。

"你就当作是酒钱吧,等他哪天酒瘾上来了,肯定又会找上门的,到时候我来应付就行,你就不用操心了。"

我一直很好奇,父亲为什么坚持要回到老家来呢?之前问过一次,结果父亲一脸诧异地反问我:"有老家不回,你说我要去哪里?"

求礼既是父亲的故乡,也是父亲的战场,所以这里既有父亲的亲朋好友，也有视父亲为敌的人。不过父亲在老家生活，倒是一点儿忌惮都没有。负责盯梢父亲的情报科刑警每几年换一次，父亲总是可以跟他们打成一片，谈笑风生，相处得很好。我还调侃过他，说这么想跟监视他的刑警喝酒吗？

结果他不以为意地说："难道警察就不是人啦？陌生人之间耍刀弄枪的，求礼自己人之间可不这样。不管是赤色分子还是绿色分子，都是抬头不见低头见的人，他能举着枪对付吗？这求礼在解放后，连亲日派都没肃清。"

高家出过一个亲日分子。那个人好像靠亲日攒了不少钱，还给日本献过钱。解放后，乡里的年轻人把他拖到了堂山树下，高喊着要把他乱棍打死。还有一个血气方刚的青年提着镰刀就要动手，结果被人大声喝住了。来的人正是那青年的母亲。

"要不是高家人，你都活不到今天！"

据说青年小时候患了痢疾差点死掉，最后是高家人帮他付了医药费救了回来。这时周围人也开始帮腔道："我们家孩子也差点被拉走当了学生兵，也是亏了高家人出手帮忙。"

针对高家的批斗会好像瞬间变成了表彰大会，嚷嚷着要打死亲日派的那些年轻人也没了兴致,各自离去了。

"为民族也好,为思想也好,只要人心不丢,世道再难,也能保全性命。"

父亲好像是说自己也跟高家长辈一样,没有丢了人心,所以就算是赤色分子也可以在老家生活下去。不管是父亲还是求礼人,都能和曾经的敌人若无其事地相处,这让我觉得很是意外。父亲怎么能够和一个说自己死得好、冲着自己吐口水的人一起喝酒呢?虽然已经无法听到父亲的回答,但我似乎知道他的答案——人不就是这样的吗?每次我大声质问父亲"人怎么可以这样?"的时候,父亲总是回答我:人不就是这样的吗?意思是说,因为是人,所以会犯错;因为是人,所以会背叛;因为是人,所以会杀人;也因为是人,所以懂得原谅。但我和父亲不同,我很讨厌总是会犯错的人类,轻易不与人建立关系。说不定就是从小看过太多次父亲被人从背后捅刀子的缘故。

"哎呀,孩子!"

黄老板好像是看到了谁,叫了一声。是一个黄头发的女孩。几个小时前,老人挥舞着拐杖的时候,她就在停车场的那头徘徊。

"孩子,你是五岔路口那边小超市家的孙女吧?"

听到黄老板认出自己,女孩有些犹豫地朝我走过来。如果是五岔路口小超市家的孩子,那她父亲我应该是见过几次的。让自己母亲每天弯着腰守着那个大约十平方米的小超市,他就一个人坐在小超市外面的凉床上喝酒。不知道是什么击垮了他,总之他似乎也跟小叔一样,把酒作为唯一的朋友,因为我从来没有看到他跟谁对酌过。女孩年纪估摸有十七八的样子,脸上满是稚嫩,皮肤黑黝黝的。

"你认识我父亲吗?"

女孩点了点头。

"怎么认识的啊?"

女孩穿着一双满大街随处可见的三线拖鞋,用脚搓了搓地面,犹豫着说:"我们是……烟友。"

我不自觉地扑哧笑了一声,一个小女孩竟然跟我八十多岁的父亲成了烟友?女孩好像有些不高兴,翻了个白眼瞪着我。

"怎么变成烟友的?"

尽管女孩的眼里还有些怒气,但她还是爽快地回答:"有一次我穿着校服抽烟,被高爷爷看到敲了一下脑袋,说让我注意点德行,至少脱了校服之后再抽吧……"

"后来呢?从那之后开始注意德行了吗?"

"没有啊,我就退学了。"

就这样,退了学的孩子跟父亲成了一起抽烟的朋友。女孩瞅了瞅会客厅里面,好像是专程为了吊唁而来的。

女孩把一束菊花摆到祭台上,静静地注视着父亲的遗照,好像是第一次参加葬礼。

"你要不要拜一拜?行两次跪拜礼就行。"

女孩照我说的向父亲的遗照跪拜了两下,没有跟我行礼。礼毕之后,女孩飞快地抹了抹脸颊。看来他们两人之间还有些我不知道的交情。在女孩转身要走时,我拉住了她,把她领到了一张安静的桌旁,心想至少让她吃点东西再走。如果父亲在的话,肯定也会这样做的。

"你跟我父亲挺熟的吧?"

女孩喝着可乐,轻轻地点了点头。

"那些小孩每天取笑我的出身,但高爷爷说,我妈妈的祖国是这个世界上唯一击退过美帝国主义入侵的国家,要引以为荣。"

看来女孩的母亲应该是个越南人。对着一个小孩子说什么美帝国主义,倒是很像我父亲的作风。我不知道这个把头发染成金黄、爱抽烟、还从高中退学的孩子究竟经历了什么,但恐怕父亲是知道的,肯定也以他的方式给予了她安慰。那就是若无其事地和对方相处。这种方式有时也会给人带来伤害，但大多数时候很管用。

大学时，我把一个朋友带回家里过。那个朋友小时候遭遇过一次严重的烧伤，所以右手食指有一节被烧烂了。当父亲问他什么时候入伍，他便把那根手指举起来给父亲看。

"你这多好，估计是不用入伍了。要是伤到的是小拇指看你怎么办，入伍肯定是逃不掉喽……"

平日里每次见这个朋友，我都因为他食指的缺陷表现得小心翼翼，听到父亲的话，我差点被饭呛着。朋友却毫不拘束地大笑起来。后来朋友说，我父亲是第一个不觉得他可怜，把他当成一个普通人看待的人，说不上为什么，但好像过去所有的悲愤都在那一刻一扫而光了。

辣牛肉汤吃到一半，女孩便呆呆地望着餐桌上的烧酒瓶，看了一会儿，转身又抹了抹眼泪。

"说好等我考上了就请我喝酒的……高爷爷真是不守信用……"

女孩说我父亲每天都唠叨着让她学习，有时还会借口给她买烟，对她软磨硬泡。女孩最后也被说动了，开始准备同等学力高考。考试就在几个月后，据说父亲还跟女孩拉钩，承诺等她考上了就请她喝酒。

"酒,就让我替我父亲请你喝,好吗?"

虽然女孩还未成年,但也不是学生了,喝一两次酒应该不成问题。女孩熟练地把烧酒杯递了过来,接过酒一口干了,结果被涩得身子一抖。

"第一次喝酒吗?"

"才不是呢!我可是经常喝的!"

女孩用她这个年龄特有的豪气说。我好像知道为什么父亲跟她成为朋友了。

"看你不像喝过的样子呀?"

"那是因为喝的是烧酒。啤酒的话我可能喝了,比高爷爷更厉害!不过高爷爷说啤酒哪能叫酒,酒还是得喝烧酒,还说要教我喝来着……没想到真他妈的涩……"

不小心冒出脏话来,女孩自己也吓到了,赶紧捂住嘴。就算把头发染成黄色,孩子终究还是孩子。可能是意识到了我的眼神,女孩扒拉了几下头发,示威似的说:"下次我还要染成粉色!"

看来女孩一直都活在别人异样的目光里,而父亲应该就喜欢她那种不惧他人目光的气魄。

"粉色可能更适合你。"

女孩有些不好意思,乖乖地吃起了辣牛肉汤。

"我打算考美发师职业资格证,高爷爷还说让我拿他的头发练习呢……喊,本来就没几根毛了。"

女孩说着又飞快地抹了抹眼泪。要参加同等学力高考,又要考职业资格证,女孩离开了学校,却为了能自食其力,每天比学校里的学生更加努力。想到自己刚才看到她染黄的头发,就觉得她是个坏孩子,我突然有些内疚。"你看吧,我说什么来着?这下你相信了吧?"父亲如果还活着,一定会这么教训我吧。

"娥依!你出来一下!议长和长辈们都到了!"

有人用洪亮的声音喊道。不用看也知道,应该就是当年那个十三岁就跟着我父亲上山的少年游击队员。他在山里失去了自己的父母和兄弟姐妹,十五岁就被逮捕,因为坚决不肯变节,被关押了整整三十七年,一九八九年才被放出来。由于他当年跟我母亲同属南部军,所以出狱之后就来到盘内谷找她。

那是一个秋天,忘了什么原因我也在家。他跟父亲一起去拾栗子,回来的时候双手抱着满满的柿子树枝。在栗树林和我们家之间,只有一户人家,就是堂叔家。堂叔对自己的孙女都毫不留情地咒骂过,说她"一个没用的家伙,吃闲饭就算了,还要来吃我宝贵的蜂屋柿"。眼看这挂满枝头、就要成熟的蜂屋柿被人连枝带叶地摘走了,堂叔非得把整个村子都掀翻不可。也不知道该说他没点心眼,还是不通世故,总之不是我喜欢的那一类人。

"别人家的东西,他怎么说摘就摘啊?"

我看不过眼说了一句,结果母亲一下把我的嘴堵上了。要是别人做出这样的事来,母亲肯定第一个站出来指责,那天却站在了他那一边。

"他还是个孩子,孩子能懂什么啊?"

我不屑地用鼻子哼了一声,说:"这马上就六十了,还孩子呢……"

"他十三岁上山,坐了一辈子的牢,哪有什么机会学习这些人情世故,你得理解一下。"

在牢里也不是光睡觉就完了啊,那不也是一个人情社会吗?怎么可能不知道人情世故?我话到嘴边又咽了回去。

"小小年纪,跑得那叫一个快,一个人跑遍了整座智异山,所有的联络工作都靠他一个人。我问他,你不害怕吗?那孩子说,一想到我们同志的命都要靠我的消息来维系,就一点儿都不怕了……"

母亲好像又看到了当年那个孩子,用袖口擦了擦眼泪。那几天,母亲总是紧紧跟在他后面悉心照料,好像他是一个刚学会走路的婴儿一样。

"喂，娥依！"

当年那个被所有队员都疼爱有加的少年游击队员又提高了嗓门呼唤起我来，感觉我不出去，他就绝对不停下来。虽然我不愿见到他，但作为丧主，也没有不去接待的道理。就在准备转弯去见那位少年游击队员之际，我又折返回来，把电话号码告诉了女孩。

"考试通过了给我打电话，我替我父亲请你喝烧酒。"

女孩点了点头，不知道是不是涂了BB霜的原因，泪水让她满脸斑驳。

接下来该去招待父亲的另一个朋友了。

*

父亲的战友们给他办的追悼会持续了三十多分钟还没有结束。围坐在吊唁厅里的前游击队员有二十多人，除了那名少年游击队员，其他基本都和父亲差不多大，有八十多岁了。他们都是听到讣告后，就立马拖着年迈之躯从首尔、釜山、光州马不停蹄地赶来。还有几个人因为住院没能前来，几个人因为患了老年痴呆，已经听不懂讣告了。

二十几名游击队员轮流致辞,久久没有要停下来的意思。都是些老人家,很多话憋了一辈子,一说起来就没完。其他吊唁者正准备进来,看到这一场面似乎觉得有些怪异,犹豫再三又转身出去了。于是我便走到外面的会客厅去招待他们。这些革命老战士们挤满了吊唁厅,好像形成了某种奇特的结界,换了我是吊唁者,恐怕也很难踏入其中。他们坚定的语气、好像统一近在眼前的激昂情绪,一直扩散到会客厅,让我有些不舒服。父亲也是这样。如今大多数人都已经坦然接受了南北分裂的现状,父亲却还在愤慨当代年轻人没有把统一当作人生在世最重要的使命。

"不管你怎么想,这就是现实,还能怎么样?作为一名社会主义者,你难道还要强行否定现实?"

我常常这么挖苦父亲,父亲也只是愤怒地瞪着我,闭着嘴不说话。不说话,意味着父亲作为现实主义者,其实心知肚明,他并没有后悔自己选择了这样的信念,但作为一个普通人,面对像猛兽一般凶悍的资本主义扩张,他肯定多少也感到了一丝绝望、悔恨或是悲凉。当父亲意识到自己赌上性命投入的战斗或许本就会竹篮打水一场空,他又会是什么样的心情?

我没有问过他,因为我根本无从揣测。我从没有为任何事情赌上性命,就算父亲用寥寥数语描述出感受,我也无法真正理解。不管最终结果如何,至少父亲曾经为了自己想要守护的东西不惜赌上了性命。而我面对那些让我不舒服的现实时,通常只是后退几步、抱怨上几句罢了。这样的我有什么资格去嘲讽他呢?我突然觉得有些对不起父亲,也对那些刚走进来就被我抱怨觉得不舒服的父亲的战友,感到抱歉。此刻,父亲的战友们依然放声追忆着与我父亲的过往,抒发着期待祖国统一的热情。对于他们来说,以后每次参加战友的葬礼,都会发现在场的战友越来越少,再过个十年,就算收到讣告,自己可能也无力前往了。

追悼仪式终于结束了。一个只听过名字却素未谋面的老人叫住了我。他的眼神比我还要炯炯有神。

"原本战友走的时候,我们都要给他颁发统一爱国勋章的。不过你也知道……高同志选择了投降,所以……"

父亲是在一九五二年假装投降的。因为是假装,所以只有时任全罗南道党组织的最高领导金善宇委员长一个人知道内情。父亲认为,照当时的局势发展下去,游击队就得全军覆没,必须在那之前下山,回到老百姓当中重建党组织。结果他在重建组织的过程中被捕,判了无期徒刑。后来父亲又出于同样的考量,觉得无论如何都要回到老百姓当中,所以选择了"变节"。这个选择究竟是对是错,我并不在意,事实上也轮不到我来评判。我只是觉得,那些所剩年月不多的游击队员抓着变节的问题不放,计较着投降是真是假,为此还分帮结派,在背后指指点点,实在让人不舒服。

一九八九年,一位始终没有变节的长刑犯最终被放了出来,因为在光州监狱服刑期间跟我父亲关系很好,出狱后便来了盘内谷。虽然他在监狱里待了将近四十年,但穿上一身西服,样貌还是很英俊,足以和演员相媲美,哪怕站在狎鸥亭的知名百货商店前也不会让人觉得违和。据说他是长城县一个大户人家的长孙。家里因为他闹得家破人亡,现在连所谓的老家都没了。

"你在首尔靠什么生活啊?"

他没有回答父亲的提问,只是赞叹着说我母亲做的凉拌马蹄菜很好吃。

"看你上首尔住,应该是有对象了吧?"

他尴尬地笑了笑,点点头。

"女方是做什么的啊?多半是靠你那张脸勾搭上的吧?"

"经营着一家小餐馆。"

"你是没手啊,还是没脚啊?靠诓骗老百姓过日子,像话吗!还是诓一个连芝麻大点的钱都不忍心不劳而获的可怜女人!你得靠劳动生活啊,劳动!"

结果他放下饭勺,直愣愣地看着空中,用低沉的嗓音小声说道:"劳动……劳动太辛苦了啊……"

听到一个游击队员说劳动太辛苦,憋了好久的我终于忍不住扑哧笑出了声。可能是他自己也觉得没面子,笑了笑说:"有一次干了三天苦活儿,住了三个月医院。再怎么看,也觉得我跟劳动合不来。"

"我看你头发都白了,这资产阶级本性还是树大根深啊。你这样的家伙,当什么赤色分子啊?"

似乎在那时,父亲也终于决定理解这个资产阶级老友了。在那一周多的时间里,父亲干活儿的时候,他从来没有帮过一次忙,只顾着闲聊。之后他也常常来找我父亲。一九九三年冬天,他用悲壮的语气跟我父亲说了整整一晚上悄悄话。就像我之前说的,我们家只有薄薄一层土墙,什么悄悄话都逃不过我的耳朵。

"我申请了去朝鲜。"

"那里又不是你的老家,你干吗去啊?"

"我也回不了老家了啊……跟我处对象的女人也还

年轻，总不能让她一直伺候我这个老头子吧？而且像你说的，靠诓骗女人生活，我自己脸上也挂不住……"

"那你去了北边，靠什么生活啊？还不是去浪费穷苦人民的粮食。他们自己吃的都没多少，怎么活啊……你就别想这个了，留在这里学点东西，你不是擅长学东西吗？学好了为统一运动做贡献多好！"

他毕业于东京帝国大学法学系，可以说是当时最顶尖的知识分子了。

"我们都这么老了，还搞什么统一运动啊？"

"告诉世人我们过去的日子是统一运动，狠狠批评年轻人做得不对的地方也是统一运动！不然你以为统一运动是什么？"

对面安静了好一会儿。虽然隔着堵墙，但我好像能够猜到两人的神情，感受到他们的呼吸。最后资产阶级游击队员轻轻叹了一口气说："现在我啊，也想受人礼待，想过得好一点儿。你这样的生活，我是过不了了。"

我还以为父亲一定又会搬出资产阶级怎样怎样的说辞，结果他却没再接话。所以我想，如果不是因为我和母亲，父亲是不是也会选择去朝鲜？过去赌上性命燃烧的青春，是不是可以在那边得到认可，让他活得光荣一些？

资产阶级游击队员又补了一句:"我真的很讨厌劳动……太可怕了……"

听到这儿,父亲捧腹大笑。

"你要真去了北边,可别说这样的话,要不迟早得接受人民的审判。"

资产阶级游击队员也笑了。那个晚上是他俩相处的最后一晚。在那之后,父亲便再也没有见过他。没人知道他是否还活着。就算他还活着,恐怕父亲的讣告也没法儿传递给远在北边的他了。

我后来见过他一次。他突然给我打电话,说在去朝鲜之前,有一句话一定要告诉我。我说去他附近找他,他却坚持说要来我家见面。我住的地方又小又脏乱,我跟他也不是很熟,实在不想让他来,但他说只要一小会儿就好,我只好不情不愿地把地址告诉了他。他真的就来了一小会儿,屁股还没有坐热就走了。

"我是想着走之前一定要把这件事告诉你,所以约你见面。你知道你父亲是假装投降的吧?"

我当然知道。父亲从不掩饰自己犯过的错。虽然我认为他假装投降也算不上犯错……

"你可不能误会你父亲。就因为是假装投降,所以没人知道。大家都知道了,就不叫假装了。只有金善宇知道。他死之前告诉我的,说等组织重建起来了,让我也假装投降,然后跟你父亲会合。那些不明真相的人可能会骂你父亲,但只有我知道真相,所以你也要相信你父亲。"

他用力握住我的手,嘱咐我一定要相信父亲。其实就算父亲是真的投降,我也不会责备他或其他任何人。为了活下来而投降,又犯了什么罪呢?但他不这么想。他似乎觉得,有没有改变信仰、有没有投降,足以成为评判一个人一生的标准。

随后他跟我握手道别,一脸轻松的样子,好像完成了在韩国的最后一项任务。当时他穿着棕色灯芯绒裤子和巴宝莉长风衣。那件长风衣的衣角在风中飞扬着,我望着他渐渐远去的背影,心想他真的可以在朝鲜过上受人礼待的生活,远离跟他合不来的劳动吗?除了一句客套的"注意身体",我也说不出别的话语了。

父亲假装投降的真相,对于远赴朝鲜的他来说,是一件必须要告知我的事,并且好像生怕被外人知道,非要选在没人的家里说。对于前来参加父亲葬礼的游击队员们来说也是一样,父亲的投降是极为严重的问题。因为投降对于一个高风亮节的革命家来说,是一种不被允许的背叛,也是一种深恶的堕落。那一张投降声明更是足以令父亲在他们这些坐了几十年大牢的人面前，丧失平起平坐的资格。我跟他们的想法不同，所以没有作声。

老人递给我一张纸，上面写着"爱国统一人士高尚旭追悼会"。也就是说，我父亲不是他们的"同志"，只是某个正好一同参与了爱国统一运动的"人士"而已。

"但也不能连个标语都没有，你就照着这句话做几条横幅挂起来吧。"

我说要去问问母亲，转身离开了。我没有答应，不是因为对这些人感到失望，只是觉得也没什么必要非得在老家挂什么"爱国统一人士高尚旭"之类的横幅。躺在休息室里的母亲一听，立刻艰难地爬起来，摆着手说："孩子，不能挂。因为你爸，吉洙没去成士官学院，他还活得好好地看着呢，高家还出了四个公务员，这是要给他们的胸口再扎上一刀吗？走都走了，还做这些丢人现眼的事干吗……你大伯母该从坟墓里蹦出来了。就让你爸安静地走吧。"

我把母亲的话转告给老人的时候，他的眼里燃起了一团怒火。

"实现民主化都多久了，一个横幅都不让挂？出了问题我来承担，你再去跟你母亲说说。"

我也知道出不了什么问题。现在是保守党执政没错，但也不至于为了这么个横幅惊动警察。就算警察来了,最多也就是把横幅摘下来,还能怎样?挂一条横幅就把人抓起来的旧时代早就结束了。即使有可能私下里会带来点麻烦,但我就一个兼职讲师,还能给我造成多大的影响?而老人以为我们是出于害怕,不敢把横幅挂出去。难道要一句一句解释,来平息他的怒气吗?吊唁的宾客蜂拥而至,我正尴尬着,一个熟悉的面孔映入眼帘。他叫尹鹤寿,是我的大学校友。父亲晚年时跟他的关系比跟我还亲。

好几年前父亲就经常问我:"你认识尹鹤寿吗?说是你大学校友。"

说了好几次不认识,他下次还是会问。后来我才明白,父亲那句话的意思是"我觉得这个人很不错,特别想介绍给你,你也认识认识吧"。鹤寿原本在大公司上班上得好好的,后来辞了职,去了一个连工资都没有的社区研究所工作。因为一项关于丽顺事件的研究,他到求礼来做田野调查,遇到了我父亲,之后就跟我父亲成了忘年之交。

有一次回家,我看到一锅父亲爱吃的冻明太鱼汤,但跟往常不同的是,这次汤里的鱼肉都碎成糊了,看着让人难以下咽。

"冻明太鱼汤怎么成这个样子了？"

"就是说啊。鹤寿送了一箱子过来，也不知道是不是冻明太鱼，没法儿吃啊。"

后来才知道，鹤寿送来的不是冻明太鱼，而是新鲜的。因为他听说我父亲一整个冬天都要吃冻明太鱼汤，费尽心思才买了一箱送来。谁知道我父母从来没有吃过新鲜的明太鱼，用做冻明太鱼的方法炖煮，把肉都煮烂了。结果鹤寿送了贵重的礼品，还被我父亲念叨了好久，说这个家伙送了些不能吃的东西过来。

鹤寿还跟一个掏空了自己退休金拍游击队纪录片的导演和一些老人家一起去济州岛旅游过。所以至少比起我来，他是很能跟老人家打成一片的。我叫住了刚祭拜完的鹤寿，告诉了他这期间发生的事。鹤寿不是我父亲的亲儿子，却跟我父亲一样不善言辞，爱开些不好笑的玩笑。听完后，他也没多问些什么，只说："交给我吧，我看着办，你忙你的去吧，又有客人来了。"

"哎哟，老同志！"鹤寿迈着大长腿朝老游击队员们走了过去，背影看上去特别踏实。如果父亲有个这样的儿子，走的时候是不是多少会放心一些？小的时候，就算我在场，大姑父也常常怂恿父亲想办法再生个儿子。父亲往往都是一只耳朵进一只耳朵出，但有时听着来气，就会一把抱起我,让我骑在他的脖子上,说:"我有这家伙就行,不需要什么儿子。别说这些讨人嫌的话了。娥依啊,你说,儿子能做的,你是不是也能做到?"

当时的我只有小学三年级,但语言理解能力特别强,所以也不忘给惹人厌的大姑父一点点刺激,故意气他。

"那当然啦。基东这次又考了第三十名哪。"

基东是大姑姑家最小的孩子,也是唯一的儿子,跟我在一个班上学。

"那我们娥依呢?"

"第一名!"

"果然比儿子强啊!"

父亲哈哈大笑,架着我绕着院子跑。那天,湛蓝的天空上飘浮着一团团白云。我骑在父亲的脖子上,不知道在高兴些什么,仰着头,笑得腰背都湿了。井边栀子花盛放,香气浓郁扑鼻。

我们也曾有过这样无忧无虑的幸福日子。然而第二年,父亲就被关进了监狱,我就这样失去了父亲。那时的我要比现在更不幸,明知他就被关在光州监狱却不能见面,就像没了父亲一样。一直以来,是父亲代替了孱弱的母亲全身心地陪我玩耍,所以失去了他,我就像是失去了全世界。而那时失去的父亲,或许我至今也没有找回来。不知道为什么,在永远失去父亲的这一刻,我突然觉得有些委屈。

*

和送花圈的国会议员是怎么认识的?你是教授还是讲师?这么多宾客都是你邀请的吗?……老游击队员们的连环提问让我觉得好像在接受审讯,紧张得一身冷汗。看来,誓死要建立一个平等世界的他们,其实也跟普通人无异,看重与达官贵人的关系,也很在意我能否出人头地。所以跟我的冷汗一起流淌出来的,还有我的冷笑。

父亲也是一样。我拿到博士学位的时候,出版了一本粗浅的学术书籍,父亲在我面前什么话都没说,只是让我连书带论文给他寄上二十套。后来才听母亲说,父亲把那些没人读的书送遍了十里八乡,还特别豪气地请人大喝了一顿。我心想父亲既然是社会主义者,不应该以子女是农民或者劳动者为荣吗?女儿成了博士有什么好高兴的?就是因为这样,社会主义才失败的吧?看着父亲端着革命家的派头气势昂扬地望着智异山抽烟,我内心有些不屑。

我正想着如何摆脱游击队员们的审讯,门开了。来人从门缝里探出头,四下看了看。是一个老太太。她本来就瘦小,腰还弯成了一张弓,个头就跟个孩子似的,面孔我倒是很熟悉。第一次见到她是在几年前,在我陪母亲去医院的路上。母亲常年罹患脊椎管狭窄症,病痛越发严重,已经到了躺也躺不了、坐也坐不下的地步,又因为年纪太大,手术也做不了。我实在看不下去,翻遍全网打听到一种麻痹脊椎神经的治疗方法,一周两次,总共要做满十二次。

大概做了三四次之后,母亲在医院附近的公交车站旁,看到这个瘦瘦小小的老太太坐在路边的凉床上,赶紧打了招呼迎上去,一下子握住了她的手。两人嘘寒问暖了一番,临走时说,还活着的话下次再见。

"她是谁?"

"是你爸第一任老婆的妹妹啊,你没见过吗?"

我们家的族谱是这样的:父母都是二婚。跟当年的大部分人一样,他俩各自的第一次婚姻都是说媒促成的。当时父亲心里还喜欢着另外一个女人,一头雾水地被拉到长辈们安排好的婚礼现场,稀里糊涂地就举行了婚礼。结婚仪式还没结束,父亲就跑了,之后再也没有回家。后来他上山搞游击,又被抓进了监狱,那个女人始终等着他。父亲甚至不接受对方的探视,但对方依然每周都到监狱等他。后来终于同意见面的父亲,对隔着铁窗用手帕擦眼泪的女人决绝地说:"不管是你还是我,都是封建制度的牺牲品。所以,你把我这样的人忘了,找个好人家重新开始吧。"

两人的关系就此结束了。

我小学五年级的时候,父亲在坐牢,到了农忙时节,母亲就把我寄放到大姑姑家,自己回到盘内谷照顾家里的几亩田。一天,大姑姑家来了一个陌生的女人,她坐在檐廊上呆呆地看了我一会儿,突然掏出纱布手帕抹起了眼泪。大姑姑抚摩着女人的背,叹了一口气说:"抛下你这么好的一个人,真该让老天爷惩罚惩罚那家伙,来只老虎把他叼走才是。"

不知道是不是因为那个女人望着我的眼神太过凄楚,我一下就意识到,那个该被老虎叼走的家伙说的就是我父亲。

"定好日子了。我就是来告诉你们这个的。我过得很好,不用为我担心……"

女人站起身,像在无风的日子里掉落的一片樱花瓣,轻轻地飘到我身旁,静静地抚了一下我的头,然后说:"跟你父亲长得一模一样……"

女人看着我，好像在看着我父亲，深邃的目光里充满了柔情与悲伤，也许她也曾幻想过生一个长得像我父亲的孩子。

她久久凝视着我，继而从腰间掏出钱包，抽出一张五十韩元的纸币递给了我。天气很晴朗，院子里洒满了温柔的阳光。女人像一条鱼游进了那阳光里，而我将那张纸币扔了出去，似乎那是不能收的脏钱一样。纸币无声地在空中盘旋几转，在阳光中落下了。

所以，当年那个女人的妹妹、父亲曾经的小姨子，好像完全不在意这个前姐夫曾将自己的姐姐推进了深渊，不仅跟前姐夫的现任妻子相谈甚欢，还来到了前姐夫的葬礼上。

母亲迎接父亲的前任小姨子时，比迎接其他人更热情，甚至忍着腰痛，唯独向她回了一个正式的拜礼。她们握着彼此的手，默默无言地望着对方。我完全无法想象两人在沉默间分享了怎样的情意。

"谢谢你。"

过了好久，母亲才开口说道。

"真没想到就这么走了。前几天在我女儿的小超市里见到他的时候，还特别精神来着。"

离我们家最近的小超市是五岔路口的那家。父亲前任小姨子的女儿开的那家更远,所以父亲肯定是专程找过去的。在求礼这样的小地方,各种特殊而长久的人际关系像蜘蛛网一样错综复杂,说不定和一座监狱别无二致。

"欸!"

鹤寿大步流星地走进了吊唁厅。

"长辈们问准备葬在哪里?"

我还没有时间考虑这个问题。也不能父亲说哪里方便就撒到哪里,就真这么随便撒了。之前倒是想过,要不就把骨灰撒到父亲的主战场白云山吧。鹤寿好像看穿了我的想法,问道:"怎么说还是得葬到白云山吧?还有其他觉得不错的地方吗?"

父亲还提过好几次村里的后山,但我也没去过,所以根本不知道还有什么不错的地方。

"不知道你父亲有没有跟你说过,好像是前年吧,老一辈游击队员聚到一块儿,在白云山里的大峙一带办了场追悼会。你父亲还致了追悼辞,那文章写得真是荡气回肠,特别有范儿。把你父亲葬去那里,你觉得怎么样?"

我想起父亲曾感叹过,说大峙那边的红松林长得特别好。既然是松林,肯定就有很多以松果为食的松鼠和鸟。正好父亲特别喜欢孩子和动物，在那里父亲应该不会寂寞了。

"好啊。"

"那就这么定了啊。还有，长辈们好像是打算跟着去下葬的地方，不过年纪都大了，晚上不能睡这里了吧，是不是订个小旅馆比较好？"

这大难题我可从来没想过。我要去找旅馆的话，谁来照看这里呢？我正四处搜索着人选，鹤寿又一下猜到了我的心思。

"我到附近去找一找小旅馆，一会儿带着老人家们过去，你就放心留在这里吧。快去忙你的，又有客人来了。"

父亲的前任小姨子前脚刚走，母亲的前任小叔子后脚就进来了，不仅带着妻子，还领着三个孩子。要是给不知情的人看到了，心里估计得大骂这一家子演的什么狗血剧情。

我很小的时候就见过母亲的前任小叔子。母亲的前夫隶属南部军，在洛东江前线失联，多半是在渡江的过程中淹死了。母亲从监狱出来后，当起了小贩，靠卖一些女性用品杂货赡养婆婆、照顾小叔子。后来她遇到了我父亲，在征得前夫一家的同意后，跟父亲领了证。母亲再婚后还会不时去探望前任婆婆和小叔子。就这样，母亲的前任小叔子,也成了我身边的某个叔叔。据说他也是军人出身,性格内向,寡言少语,但是掏起钱包来倒是很爽快。所以每次见面的时候,他都会分别给我和我母亲一大笔零花钱。当时不知他们关系的我,也跟这个叔叔很是亲近。

直到父亲出狱之后,我才知道母亲和叔叔之间的渊源。那时正值我高中三年级寒假,父亲和母亲一边剥着晒干后的栗子,一边和乐融融地聊起了做游击队员时的过往。突然,日光灯烧了。母亲拿来手电筒给父亲打光,让他把灯管换上。结果父亲怎么都装不好,一气之下甩手走了出去。父亲就是这样,毫无动手能力可言。

"哎哟,你这算什么男人啊,连个灯管都不会换,当年润载可是一个人三两下就搞定了。我看你真是没一点儿比得上润载的。你说你是长得比他好看,还是比他温柔呢?孩子,你过来帮我照着。"

"润载是谁?"

当时的我还不知道母亲跟父亲是二婚。母亲刚爬上梯子要换灯管,听到我的问题,明显停顿了一下。倒是跑到屋外抽烟的父亲冷不丁地接话道:"还能是谁!就是你妈的第一任老公。能在现任老公面前脸不红心不跳大谈前任老公的人,这整个大韩民国里估计就只有你妈一个了。"

"你看你,在孩子面前说话也没个分寸。告诉孩子这些事有什么意思……所以我才每天被你气得肺都炸了。"

"孩子什么孩子,大牙都给笑掉了。放眼全世界,谁见过这样的孩子,你让他站出来。"

他们口中说的"孩子"就是我。我本来骨架就大,再加上当时到了高三,成绩没涨,体重倒是噌噌往上涨,体格早已异于普通孩子了。两个人隔着窗户纸,就像在讲相声一样,你一言我一语,互不相让。不过,不管是提起前夫的母亲,还是听到妻子夸赞前夫的父亲,语气里都没有丝毫怒气。

我们家就是这样。母亲动不动就会说"我们家润载如何如何",而父亲总会调侃着说"润载是你们家润载,那我是谁家的尚旭啊?"。然而,我既不理解母亲为何总是提起前夫,也不理解父亲为何从来不生气。难道是因为那个人已经离世了,所以才可以这样毫不忌讳地开玩笑吗?我也曾想过,会不会是那个人死后,钻进了我父亲的身体,跟父亲的灵魂合二为一了?

润载和我父亲是战友,也是挚友。父亲为什么要跟死去朋友的妻子结婚过日子,为什么总是被拿来跟死去的朋友比较却一次也没有发过火,这些我至今都想不明白。

不过也是，毕竟父亲是炽热的理性主义者。在作家李泰写的小说《南部军》上市之后，有南部军出身的两个男人，辗转打听到了母亲的联系方式，一起来找过母亲一次。不知道是不是因为那两个人当时的生活都还过得去，他俩在求礼最好的一家公寓式酒店订了房，把母亲叫了过去。父亲跟那两个男人当时也算认识，所以跟着母亲一起去见了面，叙了叙旧。聊了两三个小时之后，父亲一下子站了起来，说："党组织先撤退了，南部军的各位过个愉快的夜晚吧！"

说完，父亲便雄赳赳气昂昂地离开了。当时还是冬天，本该叫一辆车，但是父亲没什么钱，所以他便像过去一样，一个人一边走，一边唱着"太白山上下着雪，提着枪支我们上战场"之类的革命歌曲。他那五音不全的歌喉，后来还遗传给了我。父亲从华严寺走到盘内谷，走了足足十六里路。或许在那一夜，父亲又变回了那个在大雪纷飞的白云山里奔跑的二十岁青年。

看着母亲的前任小叔子一家朝父亲的遗照行礼，我心里涌上一股莫名的凄楚。对于他们来说，我父亲不仅是夺走本该和他们生活一辈子的长嫂的人，也是哥哥的朋友和同僚。稍有差池，两人的命运说不定就会彼此交换。

或许这不过是韩国悲惨的现代史投射在我们生活中的一个随处可见的悲剧缩影罢了。父亲算不上伟大,也不出奇。他只是刚好身处在一个稀松平常的、被现代史的悲剧所扭曲的、将所有人的命运纠缠起来的旋涡中心罢了。

母亲的前任小叔子、父亲挚友的弟弟搂着母亲一起抽泣,遗照中的父亲好像正斜睨着这一切,问道:"看到润载的弟弟就这么开心吗?看到我弟弟妹妹的时候可不这样吧?"

*

尚旭来了。是跟我父亲同名的一个人。父亲叫高尚旭,他叫金尚旭。

金尚旭高中毕业之后就在谷城务农,是天主教农民会的初始成员。我是在上大学的时候认识他的。自然是多亏了父亲,或者说,是拜父亲所赐。当时的谷城天主教农民会还在独裁政权下孤军奋战,有几个人打听到我父亲在朝鲜战争时期担任过谷城县党支部委员长,便专程找了过来。来了六七个人,但我们家太小,坐不下,父亲便把他们领到了盘内谷人在最热的夏夜会去的桥底。

我头顶着母亲煮好的两只鸡前往那里，短短十分钟的路程，我骂骂咧咧了一路，心想，怎么不自己带些吃的过来。不过那个年代，盘内谷连公交车都没有，他们来这里需要走上两个小时，肯定是没办法带上吃的。所以我的咒骂，就全当是因为天气太热了吧。

他们把衣服都脱了，放在榉树下，跳进小河里抓鱼。父亲穿着一条内裤，在搭石间跳跃着喊道："我过去了，过去了啊！"

对面的人一窝蜂地朝父亲围了过来，下一秒父亲便一把提起抓鱼的网兜。几条不知道是黄辣丁还是香鱼，在网兜里用力地扑腾，鳞片在阳光的照射下仿佛镀上了一层金粉，闪闪发亮。我不禁疑惑，在我所熟悉的盘内谷里，原来生活着这么神秘的物种吗？黄辣丁不是黄辣丁，香鱼不像香鱼的。

男人们发出了兴奋的呼喊，呜呜哇哇地叫成一团。这个只有十几户人家、终年宁静的盘内谷一下子喧闹起来。这里说的"喧闹"并不是文学化的夸张。盘内谷是一个小村子，位于山间，又坐落在山坡上，男人们的呼喊好像真的把这个村子掀到了三米的空中又掉落下来。那是一个盛夏的白昼，万里无云，平静无风，世界好像静止了一样。我有些诧异地望着这些男人像孩子一样笑闹着，蹚行在河里，其中还有我年近六旬的父亲。

其中一个人看到我头顶着一盆清炖鸡注视着他们，马上停了下来，沉稳地说："饭来了。"

喧闹的笑声和扑通扑通的蹚水声戛然而止，仿佛之前的一切是一场梦，四下又恢复了宁静。刚才还像孩子一样的人们瞬间变回了大人望着我，一个两个都只穿着内裤。我觉得自己好像是一个入侵者，赶忙转过身去。很快就有人接下了我头顶的清炖鸡。头上的重量消失了，刚才的喧闹也无影无踪了。男人们已经沉稳地围坐在榉树下。

"这是尚旭。"

父亲冷不丁地说道。我正在给大家分餐具，听得云里雾里，便停下来望着他。

"我说他叫尚旭。"

所有人都哈哈大笑了起来。当时碗筷分到一半，正坐在我面前的那名男子挠了挠头，接过话头："我是小尚旭。"

金尚旭跟我对视了一眼，笑了。他的发际线已经有些后移，我看他应该已经有四十岁了。所以我二十多，他四十多；我是知识分子，他是农民。我扭过脸，耷拉着脑袋，一句话没说就走开了。

我以为不会再有机会见面了,没想到每次搬家都会再见到他。父亲从盘内谷搬去镇里的时候就不用说了,手头紧张的我住在首尔,每两年都要搬一次家,每次尚旭都会开着那辆一点五吨载重的蓝色皮卡出现在我面前。他多半是从谷城出发,先去求礼接我父亲,再一路开到首尔。单程近四百公里,往返八百公里,我一次都没有挽留他和父亲过夜,只是看着他从一个房子到另一个房子,把行李搬下来再搬上去,忙进忙出的,都没有停下来抽过一根烟。等搬完后,我会请他吃上一碗炸酱面,然后靠在玄关的门上,礼貌地,也可以说是冷酷地说上一句谢谢,就把他送走了。

"车子是现成的,谢什么啊……"

听到我冷酷的感谢,他只是挠着脑袋,不好意思地笑。有一次,我可能不自觉地冷酷到了极点,冲着他的背喊道:"大叔!等一下!"

他正在下楼梯,听到后转过身,一边摩挲着他锃亮的额头,一边说:"我不是大叔啊……才三岁……"

他很快明白了我为什么叫住他,所以话都没说完,就把我父亲往旁边一拨,自己一溜烟跑走了。我把钱装进信封的时候才明白过来他说的"才三岁"是什么意思。他是说自己只比我大三岁而已。所以,虽然已经有些秃顶了,但他其实才二十多岁。我感到很不好意思,又往信封里多塞了一些辛苦费。当我红着脸追上去的时候,他的那辆蓝色皮卡已经不见踪影了。之后我的心里一直过意不去,却也没有机会跟他说一声抱歉。

"县长说晚一点儿过来。"

尚旭一边说,一边轻轻推了一下旁边犹豫着要不要脱鞋的同伴。他口中的县长,也是当年那群像孩子一样在河里捕鱼的男人中的一员。就算保守势力掌权,世界终究还是会进步,天主教农民会的成员也还是可以当上县长的。县长人还没到,他的花圈却已经送到了。

"你父亲救过他。正巧在路上遇到了,他说一定要来,我就把他带来了。"

尚旭口中的这个人小心翼翼地脱了鞋,刚走进会客厅便鞠了个躬。

父亲任谷城县党支部委员长的时候,在立面乡参加过补给争夺战,就在朝鲜战争爆发之前。父亲曾经告诉过我,他当时看清了现实,说老百姓之前还主动打开储藏室分享食物,不知道从什么时候开始,变得躲躲藏藏了。

"对自己没好处,就翻脸不认人,这就是老百姓。

这革命啊，没了老百姓的支持，就注定要失败了。"

这道理年老后的父亲懂，年轻时的父亲却不懂。因为不懂，不对，准确地说，因为要活下去，年轻时的父亲和战友们把立面乡的村子搜了个遍。但背弃了社会主义的老百姓们也想要活下去，早已经把粮食藏得严严实实的了。所以父亲他们搜了几个小时，几乎一无所获。当时的补给争夺战，说是一把米换取一名同志的生命也不为过。天色渐渐暗了下来，窗户缝里透出了朦胧的灯光。

父亲搜完一户人家的里屋，正要离开，鬼使神差地走到屏风后看了一眼，结果发现了一个隐藏的小阁楼。一打开门，一双黑黢黢的眼睛满是惊恐地看着他，是一个刚刚年过二十的巡警。父亲当时也不过是个二十三岁的青年。对于那个巡警来说，那几秒钟就跟过了一辈子一样漫长。他放弃了一切念想，闭上了眼睛。

"当时我觉得死定了。但说来也奇怪，心一死，真的就什么都放下了。像吃完饭放下勺子一样，一下子把这条命放下了。"

结果父亲凑到他耳边轻轻说了一句："你要是答应不当巡警了，我就放你一马。"

巡警听完，立马拼命点头。于是父亲在转身离开时大喊了一声：“退下吧！”

第二天，巡警就毫不犹豫地向派出所提交了辞呈。

"我后来特意留了一升米，就算家人饿着肚子，也绝对不碰。就等着什么时候他来了，送给他。每次看到放在炕头上的那升米，心情就很奇妙，心想那升米就跟我的命一样贵。人命啊，太无常了。"

我这才想起来，我见过他一次，是在父亲出狱回到盘内谷后不久。有个人从求礼走了两个小时，找到我们家。脸我记不清了，但他手上拎的西瓜我到现在还记得。放下西瓜后，他的手上还留着深深的勒痕。

父亲接过西瓜，斜眼盯着他手上的勒痕看了好久。他便一直搓着手，好像要把那勒痕搓掉一样。

"你怎么找到这里来了？"

他坐在檐廊边上，不停搓着手说：“听说您出狱了，有个事想问问您，就过来了。”

说话间，他一口气喝完了母亲递来的糖水。大夏天提着一个比自己脑袋还大的西瓜，顶着烈日走了两个小时，肯定渴了。

"您记得吗？战争爆发以后，我去找过您一次。"

"当然啦，多亏了你，县党组织的同志们才吃了一餐饱饭。那米饭真是香甜啊，几年没吃上米饭了，那味道我到现在都记得。"

"那您怎么把我赶走了?"

当时的他,把自己珍藏在炕头许久的那升米拿了出来,专程送到被左派占领的镇里,找到了自己的救命恩人,把米送给对方报恩。他第一句话就说:"我第二天就把巡警的工作辞了。"

父亲看着他,咂咂嘴说:"啧,其实就算你继续当巡警,我又怎么会知道?这么天真,怎么在这凶险的世道里活下去啊。你走吧。回去跟这米袋子一样老实躺平,悄悄活下去吧。"

但他缠着父亲,说自己什么都愿意做,让父亲尽管给他安排工作。父亲狠狠地瞪着他,厉声道:"一次反革命,终身反革命!你一个反革命,我怎么敢放心把事交给你?你走吧!"

他还不肯放弃,抓住了父亲的裤腿。父亲便大声呵斥道:"信不信我大喊一声这里有巡警?看你会不会被当场枪毙!"

他听后立马连滚带爬地跑了。按父亲所说,他像一个不起眼的米袋子一样,低调地度过了动荡的岁月,活了下来。三十多年后,他找到了我刚出狱的父亲。

"为什么赶我走?赤色分子不是应该拉拢一切可以

拉拢的人吗？"

当时在房间里的我，特别想去厕所，但又觉得不是开门出去的时候，所以拼命收紧大腿，硬是憋着尿听下去。我之所以记得每一句话，就是因为越来越强烈的尿意让我的精神高度亢奋。

"为什么那样说？一次反革命，真的终身反革命吗？"

这时传来了划火柴的声音。父亲肯定是叼上了一根一百韩元的白天鹅香烟。

"因为我知道输定了。"

"什么？"

他反问道。我也想这么问。

"摆明了就是要吃败仗了。我们横竖已经投身进来了。但你既没赤色思想，又没信念，干吗要卷进这场必败的战争中？"

外面安静了好一会儿，静得可以听见父亲吸烟的声音。我觉得是时候了，正要开门，就听到他说："想要报恩不算有信念吗？"

从这里开始，我就跟不上两个人的思路了。都是过去的事，顶着大夏天的烈日走上两个小时，只为了来质问我父亲为什么不让他报恩？我实在不能理解，果断地开门走了出去。从他身后绕过去的时候我还小心翼翼的，但他完全没有在意我的出现，只是直勾勾地，真的就是直勾勾地望着父亲。厕所在屋子的后面，就在我准备转过墙角时，父亲终于开口："不算。这不是信念，是道义。你辞掉巡警的时候，就已经尽到人的道义了，这就够了。你以后也不用再来了，自己保重，过好自己的日子吧。"

就在他默默起身想要离开的时候，父亲又说："从那么远的地方过来，先吃完饭再走吧。"

那天我们一起吃了饭，用上了母亲小心珍藏在橱柜深处许久未用的杏南牌陶瓷餐具。他熟练地用蜂斗菜叶包上米饭，吃得津津有味。嘴里还滔滔不绝地分享着各种琐事，说自己有四个孩子，老二是全校第一，老婆是小学老师，靠着种梨树收入还不错……完全把刚才沉重的对话抛在了脑后。

之后我就再没有见过他。但是每年秋天，家里都会多出一箱梨子。我想着多半是他寄来的，不过父亲却没再提起过他。

他跟我说话的时候，眼睛还不时地转过去看看父亲的遗照，我也是。高中时候的我跟不上他们的思路，现在年近五十的我依然无法理解他们。二十多岁的父亲，投身在明知会失败的战局中，他的心里在想些什么呢？

二十多岁时的这个人,愿意为了救过自己一命的人不惜赌上性命,他的心里又在想些什么呢?遗照中的父亲似乎渐渐立体了起来,拥有了三维的形态。他生前的身影好像被置于忽明忽暗的舞厅灯光里,若隐若现,而死后的形象却变得越发清晰。好像父亲生前散落在四处的无数个身影,在听到自己的讣告之后,一个一个地聚拢在一起,最终汇集成了一个巨大而清晰的父亲。

"爸爸。"面对那个纤毫毕现的父亲,我忍不住唤了一声。

凝望着父亲遗照的他,那个我叫不出名字的人,扭头看着我,眼睛一下子红了。我的眼睛恐怕也不例外。而小尚旭,也就是金尚旭,坐在一旁默默地抹了抹眼泪。

*

凌晨的殡仪馆一片难得的沉寂。亲戚朋友们直挺挺地躺在会客厅里,睡得很沉,像一具具散落在四处的尸体。昨天深夜抵达的姨妈们跟母亲并排躺在丧主休息室里,亲昵地低声聊着天。还没反应过来,一天就过去了。明明几个小时前还是昨天,却好像成了遥远的过去。不过也是，毕竟昨天跟今天截然不同了：昨天父亲还在世，今天已经不在了。对于我来说，前所未有的、全新的一天开始了。

朴汉宇教官和一个人轻轻开门走了进来。昨天也是这样，朴教官前前后后来了十几次，每次都带着不同的人，好像坚决不允许父亲在最后一段路上感到一丝孤单。朴教官大概是把父亲的死讯告诉了他遇到的所有求礼人，以至于来的人里，不仅有我连名字都没听过的同学，还有五金店的老板、水果店的老板、纸店的老板……什么样的人都有。他就站在这些我完全不认识的人身边，陪着他们把悼词说了一遍又一遍，然后低声向我介绍。其中还有一个人，朴教官介绍说："他的大儿子原来混黑社会，是你父亲去找他们头儿谈判，把他捞了出来。说是让他待在光州的话，不知道又会闹出什么事来，就给他在江华岛的一个什么花园里找了份工作，现在特别踏实本分。"

父亲是用什么法子跟黑社会头目谈判的？仔细想想，我好像听父亲提起过，说和光州黑社会"西方派"的老大还是老二在一个牢里待过，有点交情，应该多半是找了他。这么说来，或许监狱也是一个社会，人们在那里相识，产生交情；有合得来的人，也有讨厌的人。

父亲曾说，他在光州监狱里跟无等山的"人猿泰山"短暂相处过。这个人因为家境穷苦，跟家人在无等山山腰上违章搭建了一间屋子住。拆迁队的人在一把火烧了他家的房子后，还试图把其他一些身体不便的人的房子也烧了。他一怒之下，用锤子一连捶死了四个年轻的拆迁队员。他是父亲亲眼见过的唯一一个不哭不惧的死刑犯，他很从容地迎接了死亡。父亲说话时还在"很从容"三个字上加重了语气。看到我没什么反应，父亲又接着说："你以为从容地面对很容易？有的人一听到枪声，就跟个小野鸡一样马上把脑袋塞到石头下面了，还是个金日成大学的高才生。所以你说，管他脑子聪不聪明，死到临头了，你还能耍什么小伎俩？光把脑袋瓜藏起来有什么用？屁股和大腿还不是被打得像马蜂窝一样，当场就死了。很多自诩革命家的人都这样，但兴塾那家伙被拉上刑场的时候，特别淡定。说起来啊，他一直觉得自己犯了滔天大罪，死了都偿还不了。那天麻绳套在他脖子上的时候，他一脸平静，肯定是想着自己死了，多少能赎点罪。他是淡定地走了，但我们都觉得他死得冤啊。"

父亲面对死亡的时候，也能这么从容吗？他自己总说，人类的起源就是尘土，无论是谁，都得回归源头，尘归尘土归土。这是他坚信的客观科学。所以，说不定他或许真的可以坦然面对死亡。但说不定也像他说的，道理都懂，可真正面对死亡的时候，还是会像那个光把脑袋藏到石头底下的金日成大学英才一样，吓得两腿发软。不过，父亲是脑溢血死的，说不定还没来得及害怕就走了。母亲说，父亲撞上电线杆之后被送到医院，很快就恢复了意识。医院采取的唯一措施，就是让他躺在病床上观察一两个小时，没问题就出院。病床上的父亲听完，猛地坐了起来，胡言乱语地说了些"回家吧"之类的话，结果话音刚落，就瞬间失去了意识。在前往顺天医院的救护车里，昏迷中的父亲最后一次拉住了母亲的手。也不知道他是因为害怕，还是一种从容的告别？

朴教官将另一个一大早跟来的宾客轻轻推到我身边，对我说："哎，打个招呼。你认识苏成哲老师吧？这是他的长子，坐夜车赶来的，说是有事要抓紧走，所以一早就到了。"

我没见过苏老师，但我知道多亏了他，我才有机会在狱长的房间里见到我父亲，而不是像其他人一样隔着铁窗。苏老师是父母的恩师，也是促成两人婚姻的媒人。战争爆发之前的一天，苏老师请父亲和他的另一个学生吃了顿饭。

"你俩是我最优秀的学生,好好相处,互相帮助。"

父亲毫无疑问是左派,而另一个人是右派。

"以后左派得势的话,你帮他。右派得势的话,就换你帮他。"

左派得势的世界如梦般转眼就结束了,所以父亲并没有什么机会帮助苏老师的另一个学生。在右派得势的社会里,那个学生三次当选共和党议员,他没有忘记恩师的嘱托,帮了父亲好几次。之所以能够在狱长的房间里探望父亲,也是仰赖他的帮助。不知道是因为经历过战争的残酷,那个年代每个人都很有人情味,还是因为苏老师本身就是个德才兼备的好老师,才培养出了如此优秀的学生,总之,我们也经历过这样温情的日子。

我常听父亲提起苏老师的长子。如果哪天家里出现了好吃的鲜鱼,一定是他来过。他是水产协会的高层干部,偶尔有事前往丽水的时候,一定会顺道来一趟求礼,送来一箱箱在求礼根本见不到的黄姑鱼、舌头鱼,还有一人高的带鱼之类的。除了鲜鱼,他有时还会给些零用钱。有一次,母亲呆呆地看着手里一个装着二十万韩元的信封。那是很久以前的事了,那会儿二十万是很大一笔钱。

"这辈子从来没有从别人那儿收过这么多钱,这该怎么办啊……"

我没有问苏老师的儿子,为什么要专程探望他父亲的一个学生,一个一辈子在逃亡、坐牢,从来没有报答过师恩的人。在我父母身上,有太多问了也难以理解的谜题了。不过我之所以没问,并不是因为这个,而是不想问。我怕一旦问了,就会变成我的债。父亲救过别人的命,也被别人救过。为了让两个游击队员以后至少可以彼此说说心里话,苏老师把我的父母撮合到了一起;看到他们不仅没有婚礼,就连一个单间房都承担不起,苏老师便把自家的门房让给了他们。这样的恩师,恐怕在这个世界上也找不到第二个了。而且恩师走了之后,他的儿子又接下了这副担子,照顾着我那两个身无分文、藉藉无名、还居无定所、没有归处的父母。

现在再让我父母去报恩,也不可能了,搞不好还得由我来收拾烂摊子。本来受了上天的惩罚,成了一名游击队员的女儿,家境还那么贫寒,已经够令人郁闷的了,我实在不想再继承游击队员父母欠下的那些没完没了的人情债。所以,虽然经常在父母的对话中听到苏老师长子的名字,但我还是有意无意地在脑海里删除了。

不过,这个世界可没这么容易让我蒙混过关。他今天会在花名册上签名,我日后如果偶然看到这个名字,就会想起父亲欠他的恩情。而每看到一次，都免不了会在心里留下更深刻的烙印。我甚至觉得他就是为了这个来的，所以才在吊唁完后，往装吊唁金的箱子里塞了一个任谁看都觉得特别厚实的信封，就急急忙忙地离开了。他对我没有特别温柔，也不亲切，只是例行公事般祭拜了一下父亲，全程连五分钟都不到，以至于我忍不住诧异，难道他不远千里奔赴而来，就为了这潦潦草草的五分钟？我甚至一时有些没良心地觉得，难道我父亲在他心里，就只有这点分量？然而比这五分钟更重要的，是从首尔到求礼的距离——坐火车单程四个小时，往返八个小时。也就是说，他为了我父亲，不惜牺牲了一整天的时间。

"我会再过来的。"

朴教官又留下这句话，随即跟苏老师的长子一起离开了殡仪馆。我把他们一直送到了停车场。苏老师的长子好像真的很忙，步伐飞快。朴教官跟在后面，脚步踉踉跄跄的。我想跟朴教官说不用再来了，但还是忍住了。或许对于朴教官来说，再辛苦也是心甘情愿的，这就是他送别朋友的方式。

在父亲的右派朋友离去的那条路上，紧接着出现了他的左派朋友。我才意识到我完全忘记了那些人都是觉少的老人,之前确认的今天早餐的送达时间,我也忘了。

睡死过去的人们,因为进进出出的开关门声,接二连三地醒来,一副蔫了吧唧、邋里邋遢的样子。昨天一整天负责餐食的堂姐们也睁开了蒙眬的眼睛,看到老人家们成群结队地走了进来,三堂姐赶紧跑到了冰箱前。

"孩子,冰箱里还有点米饭和辣牛肉汤,要不先用这个顶着,给大伙儿安排上?"

就在这时,厨房的门开了。米糕店姐姐放下一个巨大的粥桶,说:"我熬了些鲍鱼粥。想着老人家比较多,肯定一早就得吃早饭,所以赶紧做了些。一不留神,还是晚了。我做了很多,大家都吃点。今天的早餐,说是八点前就能送到。"

姐姐昨晚还给我母亲做了芝麻粥当晚饭,很晚才弄完离开,也不知道是什么时候去的市场,一早又做了鲍鱼粥。

"孩子,这是谁啊,这么用心?"

姐姐说过,不必让堂亲们知道她是谁,没什么好处,让我别说。但真要这样的话,她也得装作给陌生人准备餐食的样子才行啊。这么事事上心,怎么可能不露馅呢。

"是我妈朋友的女儿,平常就经常给我们送小菜。

她母亲走得早，所以就把我妈当成了自己的母亲照顾。"

"哎哟！"

三堂姐打开粥桶，不由感叹了一声。

"这里面鲍鱼得占了一半，还都切碎了，肯定是想着老人家牙口不好。这下吃起来方便了。"

这么一来，早饭就用鲍鱼粥和昨天剩下的小菜解决了，而且鲍鱼粥大受好评。

"来参加葬礼能吃上鲍鱼粥，这还真是第一次。"少年游击队员风卷残云般干下一大碗鲍鱼粥，说道。

"在厨房做事的姐姐，她母亲之前是游击队的联络员，是我妈的朋友。"

"原来如此！我说呢，难怪做得这么好吃……"

这话说的，难不成就因为是联络员的女儿做的，才这么好吃？那是因为姐姐的手艺本来就出众，再加上事事上心，每一处都倾注了她的心意。对于游击队员们来说，吃上同志的女儿煮的鲍鱼粥，应该也别有一番味道吧。不过对于姐姐来说，她做了一辈子米糕，并不是游击队的同志，所以这鲍鱼粥并不是出于她对同志的情谊。但不管怎么说，在穷苦游击队员的葬礼上还能吃到那些有头有脸的人物的葬礼上都未必会有的鲍鱼粥，这让我的心里就像姐姐煮好的鲍鱼粥一样，温暖又富足。

不知道是不是因为有姨妈们陪着，昨天只吃了一半芝麻粥的母亲，今天足足吃了一大碗鲍鱼粥。但母亲整天光是坐着守在这里都有些力不从心，于是我拜托姨妈们帮我把母亲送回去。明天又要火化又要下葬的，今天至少得好好休息几个小时，我可不想再接着办第二波葬礼了。

母亲回去之前，让我把米糕店姐姐叫过来。姐姐听了，赶紧把湿漉漉的手往围裙上抹了两下，三步并作两步跑了过来。母亲一见到姐姐就湿了眼眶，沉浸在难以名状的情绪中，她轻拍着姐姐的手说："多亏你，我才能坚持到现在。餐餐都要你替我操心，把你累坏了吧？本来事情就多，还要熬粥……都不知道怎么才能报答你的恩情。"

"看您这话说的，也不是单独为了您才这样做，平常遇到肠胃不好的丧主，也会给他们做的。"

姐姐说话总是那么中听。我要是能像她一样，早就当上正教授了。我的话里总是藏着刀子，也不知道是跟谁学的。也许我就是在父亲坐牢的那段日子里，靠着打磨话里的刀子熬过来的。

"你的心意我还能不知道吗？真是谢谢你，谢谢你了啊。"

看到母亲要起身,姐姐立马伸出两只手从母亲的腋下抱住了她。在她的搀扶下,母亲很轻松地站了起来,跟我搀扶母亲的时候完全不同。离开之前,母亲又握住了姐姐的手说:"这孩子光知道读书,别的什么也不懂,你平常多费心教教她。有你在,我就放心多了。"

母亲上了姨妈的车之后对我说:"孩子,有什么事你别自己一个人拿主意,多跟姐姐商量。你要愿意听她的啊,躺着都能享福。"

"哎呀,您这话说的,我昨天看着娥依就想,果然有文化的人就是不一样,一个人就把事情处理得特别周到。有哪个丧主能像她这么聪明能干的?"

姐姐说着,一把抓住母亲被风吹落到门外的丝巾,给母亲系上,还扎了一个漂亮的蝴蝶结。换了谁都会觉得姐姐特别像我母亲的女儿。

母亲刚离开,黄老板办公室的门就被猛地打开了。先露出来的是一根拐杖,来人是昨天那个伤残老兵。

"哎呀,大哥。你就在这儿喝嘛,去那里干吗啊?"

也不知道老人是什么时候来的,看他满脸通红,大概是在早饭前就喝起酒来了。也是,对于酒鬼来说,时间什么也不是。他们是超越时间的人。不对,或者应该说,他们是不会被时间所束缚、总能回到那个时间的人。小叔也是这样的。

"我要去祭拜!"

他在越南战争中失去了一条腿,那会儿应该是六十年代末或七十年代初。换言之,他用拐杖的时间比用那条腿的时间还长。所以当他拄着拐杖向我走过来时,动作娴熟又平稳。

"哎哟喂,祭拜什么啊……跟我一起喝酒嘛。"

面对一个腿脚不便的老人,黄老板又不能一把拽他回来,只好手足无措地跟在后面劝。

"怎么了?因为我以前干过越南人,现在就不能去祭拜赤色分子了?!高尚旭难道是我干趴下的吗?"

"请进,您进去拜一下,再吃点东西吧。"

听到我这么说,怒气冲天的老人顺从地跟着我走进了吊唁厅。他没有行礼,不,应该是行不了礼。他拄着那根随时随地握在手里的拐杖进入吊唁厅后,一屁股坐了下来。他出神地望着父亲的遗照,没有流泪,却用手抹了抹眼睛。我想,或许是他的泪水已经干涸了吧。

老人从怀里掏出了什么东西放在地板上。原来是一张老照片,好像是专程带给我看的。我半跪着挪到他跟前,把照片拿了起来。相纸已经发黄了,上面是三个小伙子,穿着内裤,揽着彼此的肩膀,背景是蟾津江上的文尺渡口。在上小学之前,我还常常跟着父亲从那渡口坐船去镇里玩。父亲拍河东人家老板娘屁股的那天,我就是在这里噘着长长的嘴巴坐船回家的。

照片里最右边的那个人,头顶上搭着摊开的毛巾,大概十五六岁的样子,我一眼就认出来了,那是我那正值青春年华的父亲。不,应该说是他青春都还没有绽放、一根胡子都没有时的少年模样。这应该是我见过的父亲最年轻的样貌了(我倒是见过奶奶缝在布片上的那张父亲的小学毕业照,年纪肯定更小,但那是一张集体照,每个人的脸都跟绿豆一样小,我至今没有找到父亲在哪里)。

"中间的是我哥。尚旭跟他关系很好,每天混在一起。我也是每天跟在他们屁股后面……不过我现在连我哥长什么样都记不清了。看到照片,就想这个应该是我哥吧,可又好像在看一个不认识的人。"

照片中的父亲对我来说也很陌生。其实父亲的长相从小到大并没有太多变化,只要是认识父亲的人,都能一眼认出他来。我之所以感到陌生,是因为他身上那鲜活的青春,还有当时可以正视前方的眼睛。照片中的文尺沙滩比现在更漂亮,也更宽阔。就算是透过褪色的黑白照片,依然能感受到当时太阳的灼热。而父亲的青春是那么清新,好像让那灼热的太阳也凉爽了下来。这个十五岁时的父亲还不知道社会主义是什么,不知道未来迎接自己的会是一段充满禁锢的人生,笑得一脸灿烂。照片里的两个少年上山当了游击队员,其中一个在山里丢了性命。曾经追在哥哥屁股后面的小跟班,在失去亲哥哥之后,又在异国他乡失去了一条腿。照片上的那天到今天之间的一整段岁月,好像被凝缩在了一起,重重地压在我的胸口上。

"我啊,一看到尚旭哥就来气。我知道他坐了牢,受了很多罪,但至少他活下来了啊。结了婚,生了孩子,活到最后,头发都白了。我哥早早就死了,我都没机会看他老去。尚旭哥倒好,总是出现在我面前,让我看着他一点点变老……"

我的父母一直很羡慕那些死在山里的人,觉得他们死的时候心里充满了希望,他们坚信平等的世界终将到来,死得其所。有时还会感叹"怎么就我们这些废人苟且地活在世上"。但其实,这样"苟且"的生活也会有人羡慕,甚至怀恨、妒忌。我说不上来哪一种人生更好,但我或许能体会到老人的心情。

这张照片记录了父亲那段我不曾了解过的青春。我还给他的时候,他只是默默地站起身,挂上拐杖,把照片留在原地。

"照片是给你的。我也是时候,把我哥的脸忘了。"

我让他吃过早饭再走,他没有回答,只是拄着那根随时随地握在手里的拐杖,穿过了吊唁厅。走到门前的时候,他回过头看着我,嘴唇颤巍巍地欲言又止,最后说了句:"我下次再过来。"

这里的人总是爱说自己会"再过来",明明来一次就够了。大概有一些一次无法了断的情谊吧。无论是怨恨、友情,还是恩情,这些斩不断、理还乱,像藤蔓一样缠结的情谊,让我感到沉重、害怕,又羡慕。

我呆呆地望着他的背影,站在原地许久。即使喝到满脸通红,拄着拐杖,他还能像正常人一样步履轻盈地离去。和煦的阳光下,鲜艳的映山红像火焰一样在路边绽放。老人断掉的那条腿上,好像突然一点点重新长出了血肉。一转眼,老人就变成了比照片里的哥哥还幼小的少年,朝着远处奔跑了起来。

*

上午十点,入殓仪式开始了。除了亲戚们,还有朴教官、朴东植大哥、黄老板、金尚旭等等和父亲比较亲近的人,他们一层层地排列在两扇宽敞的玻璃窗前。另一边,睡在金属床上的父亲跟临终时并没有什么分别。父亲在山上见过无数尸体,看过战友内脏外露地死在自己身边,也看过乌鸦啄食被砍头的战友的身体。或许正是因为父亲这一生的悲惨和不幸像一座巨大的山脉横亘在我面前庇护着我,我从未见过什么残酷的景象。没有目睹过人员伤亡的交通事故,没有骨折过,甚至连崴脚的经历都没有,尸体更是从来都没有见过。

当我在高速公路上踩着油门,以一百八十公里的时速抵达医院的时候,父亲已经像一具尸体一样苍白了。他在几个小时前就失去了意识,面部的肌肉已经完全松弛了下来,一副安详的模样。这么说起来,活着的人脸上总是有一些肌肉紧绷着,好像所有的人生之苦都会通过肌肉的紧张展现出来。都说死亡是从痛苦中解放。既然父亲的人生要比普通人来得更痛苦,那这种解放的喜悦或许也会来得更痛快吧?望着已经永远闭上眼睛的父亲,我不禁产生了这样的想法。

入殓师娴熟地将父亲的尸体翻过一边,将提前垫在身下的寿衣拉了出来给他穿上。父亲的身体很白,就连在常年风吹日晒下变得黝黑的脸,也因为失去了血色,看起来要比平时白得多。人们都以为父亲的肤色本来就比较黑,而我的外号又是黑妹,所以都觉得我是遗传了父亲。只有我知道事实并非如此。

大概是在我四岁的时候吗?忘了因为什么事,我跟父亲两个人从镇里回家,那时应该还没有发生拍老板娘屁股的事件。我的记忆是从那天父亲光着身子从蟾津江里走上岸那一刻开始的。因为是大夏天,又在江边走了一段路,父亲的身上挂满了汗水。正好那天没有集市,周围一个人都没有,招呼了一下艄公,对方也没有应答,父亲便脱了衣服到江里消暑。我忘了为什么我没有下水了,可能是跟往常一样,我是骑在父亲的脖子上回来的,所以没怎么流汗。总之,父亲毫无顾忌,就那么赤身裸体地朝我走来。其实一直以来都是父亲代替身体虚弱的母亲帮我洗澡,到了夏天肯定也无数次地带着我到溪水里嬉戏,不过我都不记得了。

那天,我上下打量着迎面走来的父亲,看到他的上身晒出了明显的背心印子,虽然光着身子,却好像还穿着一件白背心。平日里背心下的那部分皮肤和被裤子遮挡的下半身都很白,只有经常裸露在外的部分被晒得黝黑。我一开始还被父亲那副模样逗得咯咯笑,转眼就看到了一个陌生的东西挂在父亲的两腿中间——一个我身上没有的东西,晃晃悠悠的。我不知道那是什么,便一直好奇地盯着看。父亲察觉到了我的目光,赶紧侧过身去,加快步伐,像螃蟹一样横着走了几步,麻利地抓起衣服穿上。那一刻,我生来第一次感到了一种深深的悲伤,一种任何东西都无法填补的缺失感。

父亲身上竟然有着我没有的东西!

第二天开始,我便学父亲的样子站着小便。但这并不会给我带来我没有的东西,反而每次都会把内裤和外裤尿湿,然后被母亲责骂。这段记忆好像是雾气笼罩的蟾津江一样,朦胧地残留在我的脑海里,而在看到父亲尸体的那一刻又重新变得鲜活起来。在四岁的我看来,父亲跟我是一样的,甚至是一心同体。但在蟾津江边看到父亲裸体的那一刻,我便与父亲割离了。所以,把父亲从我身边夺走的,并不只是什么意识形态和国家。不,在意识到自己与父亲不同之后,我不惜站着小便,就是为了重新变得跟父亲一样,因为那时的父亲是我的全部。而把这样的父亲从我身边夺走的,就是他一直为之奋斗的理想。

我也不知道哪种说法更加准确,但我清楚地知道,现在躺在冰凉的金属床上、被寿衣包裹着的那具尸体,至少曾经和我是浑然一体的。我的父亲就是我的宇宙。

可那样的存在、那样的身体，以后再也见不到了。而现在这个还分明占据着时间和空间中一个坐标的肉身，到了明天，也会成为手中的一捧尘土了。

我的心底好像涌出了一股泉水，渐渐充盈眼眶，正要流淌出来的时候，有人比我更早哭出了声。是鹤寿。他的眼泪好像是旱地上空的一轮烈日，一下把我心底的那点泉涌烘烤殆尽了。

鹤寿的身后出现了一个熟悉的背影，像是喝醉了酒，跟跟跄跄地要往外走。那高挑瘦削的身形，一看就知道是小叔。

"小叔！"

我喊了一声，但那个背影不仅没有停下来，反而加快了脚步离开。

"小叔！"

我推开鹤寿，快步追了上去。曾经有那么一天，也是唯一的一天，我和小叔共享过人生中的一刻时光。那天小叔在后面叫我，我却头也不回地加快步了往前走，尽管如此，小叔的自行车还是很快追上了我。

那是高三的暑假，我得知当时还有连坐制之后放弃了学习，成绩自然是一落千丈，也没有上大学的打算。

其实就算有，凭当时的成绩也是白日做梦。但不知道为什么，高三的班主任特别喜欢我。虽然当时有老师不满我当副班长而我的母亲却一次都没来找过他们，或者说一次都没有给他们送过礼，就当着孩子们的面扇过耳光，但也有很多老师因为我家境贫寒，或者因为我是游击队员的女儿而对我关爱有加。高三的班主任就是其中之一。但在我看来，对我再好，也不能抹去我身上赤色分子的烙印，况且对于当时的我来说，别人的好心比恶意更让我自觉可悲、自尊心受挫。

暑假刚开始，班主任就把班里成绩排名前五的学生都送到了我们家，这个连公交车都没有的穷乡僻壤。因为班主任坚信近朱者赤，也坚信只有悬梁刺股才有可能金榜题名，所以动了一点儿小心思，觉得让我在那些流着鼻血挑灯夜读的优等生旁边，至少可以发奋学习几个小时。我那原本身体就虚弱的母亲，也中了班主任的圈套，本来给一家三口做饭都很勉强，结果算是自找苦吃，给大家做了一个夏天的饭。

对于那些孩子们来说，倒是有百利而无一害。在那个年代，山里的夏天根本不需要风扇，只要把前后房门一开，屋内就会非常凉爽。而且在盘内谷，除了在小溪里玩水，也没有其他娱乐活动了，所以孩子们都拼了命一样地学习。而我只是在一旁感慨，原来这就是人们说的"萤雪之功"啊。只是苦了母亲，每天往返于地里、水龙头和灶台之间，为那些不通时宜的寄宿生们准备一日三餐，然后在夜里被腰疼折磨得哼哼直叫。母亲的呻吟对我来说就像催眠曲一样，伴着我入睡，对于那些孩子们来说却像闹钟，把他们从瞌睡中叫醒，督促他们把书摊开继续学习。但我也不是个完全没良心的人，面对那些把课本倒背如流的孩子们，我也不好意思躺成一个"大"字，独自悠闲地阅读小说，总觉得这副模样要是被母亲看到了，心里有点过意不去。

于是每天吃完早饭之后，我就会带上几本小说到栗树林里去读。栗树林的中央有一块大岩石，又平又宽，五六个大人在上面打滚都没问题。三棵杏树像守卫一样将岩石团团围住，在这里享受夏天再合适不过了。捧着小说，躺在凉爽的石头上，头顶老杏树的枝叶随风轻轻晃动，阳光从树叶的缝隙中投射下来，在那光影流转之间，很容易坠入梦乡。在我又像往常一样沉浸在小说的世界里半梦半醒时，一声霓鸣般的"混账！"猛然把我拉回了这个恶心的、身为游击队员女儿的世界。睁眼一看，一个黑影挡住了斑驳的阳光。是父亲来了，手里还拿着一把锋利的镰刀。（我瞬间觉得毛骨悚然，但我知道那把镰刀不是用来对付我的。父亲本来只是准备好好清理一下一人高的杂草,来到栗树林却发现马上就要高考的女儿一个人无忧无虑地躺在这里,连镰刀也没来得及放下,就跳到了大岩石上。)

"你打算这么无所事事地活到什么时候?你以为你妈那么辛苦是为了谁?你披着个人皮,好歹也得干点人事,懂得知恩图报吧?!"

这还是我第一次看到父亲发这么大的火。虽然被吓得一激灵,但其实在父亲不在的日子里,我内心郁结的怒火一点儿也不比父亲少。于是我挂上了一副跟夏天绝配的懒洋洋的表情,好像听到了不知哪里的狗在叫一样,缓缓把手里的小说举到眼前。霎时间,父亲的镰刀从眼前一晃而过,把书削掉了一个角。平日里农活儿干得一塌糊涂的父亲,似乎偏偏在那天把镰刀磨了一遍又一遍,刀刃异常锋利,把"傲慢与偏见"中的"偏见"两个字削了下来。那天被削断的,不只有书的名字。怎么说呢,或许曾经将我和父亲联系起来却在岁月流逝中越来越微薄的缘分,或者说心灵纽带,也随之被削断了。我慢慢地坐了起来,心想,父亲不该这样冲着我挥舞镰刀,就算要让我懂得知恩图报,也不该这样。父亲应该做的,是道歉,为我不得不以游击队员女儿的身份活着而真诚地道歉。

说起来，跟父亲不同，我在吵架这件事上很有天赋。虽然这辈子就吵过三次，但三次吵架的对象都直接被我KO掉了。遇到愤怒的人，父亲习惯劝对方冷静，但我习惯让对方更加愤怒，直到对方被怒火反噬，最终大哭或是发疯为止，而我只是比以往更加沉着、平静地注视对方哭泣或狂怒的样子。这种冷静的注视会让对方彻底失去应对能力。那天父亲就是这么败给我的，成了我的三个手下败将之一。

我站起身后，看了看摆在脚底的那几本书。它们都是从别处借来的，也没什么必要带着远走高飞。我瞥了一眼被我当作庇护神一样的三棵杏树，慢慢地伸了个懒腰。我祈祷那些积累在我血肉里、作为游击队员女儿生活的印记，都能幻化成一口气，被我呼出体外。果然我的身体一下子轻快了起来，好像祈愿成真了一样。我轻盈地从石头上跳下来，大步走进了父亲用打磨锋利的镰刀除好草的栗树林。走了几步之后回头一看，父亲还傻傻地愣在原处，我便像小说里远行的洪吉童[①]一样，朝

[①] 朝鲜半岛史上第一部以纯韩文创作的小说《洪吉童传》中的人物。洪吉童是士大夫与妓女所生的庶子，因得父亲宠爱而被正妻设计陷害和刺杀。在认清自己没有容身立命之地后，洪吉童离家闯荡成为劫富济贫的义贼。

着父亲深深鞠了一个躬,头也不回地走了。

从那里走到镇里要两小时,离盘内谷越远,我的脚步就越轻快。只要不在盘内谷,只要不做游击队员的女儿,似乎在任何地方都可以过得很好。我突然萌发了要学习的欲望,心想一到首尔站,就去找劳务中介。反正长成这样,也不会被卖去当陪酒小姐,就让别人介绍个家政阿姨的工作就好,然后抽空学习,参加个同等学力高考吧。不过,去首尔的路费怎么办?大姑妈是个铁公鸡,肯定不会给我,小姑妈又没钱,看来得去找我妈的朋友才行。不过编个什么理由借钱呢……我越想越兴奋,觉得只要不做游击队员的女儿,什么样的生活我都愿意接受。于是,我完全顾不上头顶的烈日,也没有意识到自己汗流浃背,迈出的步子好像要飞起来一样。

转个弯就是葡萄田,过了葡萄田就是乡政府。我一边走一边哼着小曲儿,后面突然传来了自行车的声音。我以为是父亲,便加快了步子。

"娥依!"

没想到竟然是小叔。他喘着粗气,吱的一声把自行车停在我面前。这还是我第一次在盘内谷以外的地方单独面对小叔,我感到十分尴尬。于是我绕开他的自行车,继续往前走。小叔便骑着车慢慢跟在后面。新铺好的马路上布满了小石子，让小叔缓慢的骑行愈加艰难。所以就算脑袋后面没长眼睛，我也能明显感觉到小叔的自行车在后面走得歪歪扭扭的。

过了乡政府，路过水库的时候，小叔在后面喊道："娥依！别走了。"

我装作没听见，自顾自地往前走。

"你这是要干吗？走吧。"

我不是很肯定，"走吧"是说该回去了，还是该继续走的意思。直到看见了蟾津江，小叔都没有再说什么。不知道从什么时候开始，自行车吱吱呀呀的声音让我觉得有些窒息。我想着，只要过了蟾津江，过了部队驻扎地，应该就能喘过气来了。接下来到江边是一段下坡路，小叔的自行车便一下子冲到了我前面，不一会儿就不见踪影了。

"娥依！"

又走了一会儿，我看到小叔站在瓜棚下叫我。

"我们把这个吃了，润润喉咙就走啊。"

旁边的西瓜田是一个远房亲戚家的。小时候跟父亲去镇里玩，就常常在这里一边吃着西瓜一边等船。我突然有些哽咽，感觉嗓子干得像要裂开了。坐在瓜棚里，坡下的蟾津江和镇子一览无余。我跟小叔两个人吃完了一整个西瓜,谁也没有说话。小叔抽着刺鼻的香烟,目光漫不经心地投向了镇子所在的方向。

"那条路真是走不到尽头啊。"

啊,原来小叔也跟我一样,想沿着这条路离开。或许是因为想要离开,所以也曾经沿着这条路走到过这里。可是为什么最终没有离开呢?我没问出口。因为不问好像也能明白。我们没有争执要不要回去,而是当作什么事情都没有发生一样,顺着原路返回了。小叔把自行车停在我们家的柴门外,等着我下车。我却迟迟不愿从他散发着一股汗臭味的背上下来。我想,这或许就是亲人的味道吧,是为了接我,往返了那么长一段路才散发出来的,有些酸臭又有些温暖。

就像那天小叔把自行车停在我面前一样,我也跑到那个背影前面拦下了他。果然是小叔。我没说话,抓住他的手就要往回走。小叔愣了两三秒,就顺从地跟我进了屋。今天也像那天一样烈日炎炎,不过小叔身上散发出来的不是汗臭,是酒气。

一进到会客厅,眼尖的大堂姐就咋咋呼呼地跑了过来。

"哎哟,小叔!来得好,来得好啊。就是嘛,不来怎么行！"

堂姐们一拥而上把小叔领了进去。这么一看，小叔的体形就跟堂姐们差不多。原来小叔虽然瘦了些，但个子挺高的，没想到这么多年后，身高好像也缩水了。那个夏天，小叔低声嘟囔过的话，我原本早已忘得一干二净了，此刻记忆却猛地涌现。他说："一个肩上挑不了两副担子啊……"就在那个可以看到蟾津江的坡上，他准备骑上自行车的时候，自言自语地说道。一定是那天小叔跟在我后面，看到了我肩上和他一样背负的两副重担吧。莫非就是因为这些重担，才让小叔无法逃离又无法承受，只好借酒消愁，虚度了大半辈子吗？我给父亲唯一在世的这个兄弟拿了瓶烧酒，反正都醉醺醺地活了大半辈子，多醉一天又能怎样呢？更何况，还是在始作俑者的葬礼上。

*

黄老板脸上挂着几分笑意，说就只有一个女儿当丧主，但来的宾客还挺多的。不过黄老板只是时不时来看一眼，并不了解真实情况。事实上宾客不少，却也不多。

大多要么是像朴教官和金尚旭这样一天来五六趟的,要么就是来了以后坐上一整天不走的。不单单父亲那边的宾客这样,我这边的也是,来人不多却留了很久,所以会客厅看上去才一直这么热闹。这么看来,我跟父亲之间果然什么都挺像的。

父亲这边的亲戚坐了三桌,母亲娘家亲戚坐了一桌,父亲的老战友坐了两桌。另外还有第三十五届校友会的一群校友和求礼的一些乡亲——都是朴教官像雌鸟衔幼鸟一样,一个个领过来的。大家好像偶有交集,但大多互不相识。这就是父亲一生经历的岁月了。第三十五届校友会陪伴了他小学至今的日子;老游击队员们陪伴了他的青春;而谷城县天主教农民会,还有求礼民主劳动党党员则是父亲出狱后融入社会时结下的缘分。

像朴教官这样的人,当了一辈子军人和教官,还是《朝鲜日报》的忠实读者,他跟这些游击队战友之间,除了我父亲之外没有任何交集。不,还是有交集,他们曾经是兵戎相见的关系。他们都与父亲相知相交,彼此之间也有过不可逾越的围墙。看着他们,我好像看到了韩国社会的缩影。只是他们并不像那些保守和进步阵营之间只会扯着嗓门互相指责,而是互不干涉地用自己的方式悼念父亲。他们之间存在一种微妙的和平,一种或许只有在死亡面前才能实现的和平。总之,父亲的葬礼现场有着适度的奔忙与平静。

傍晚的时候,小叔把我叫了过去。他一直在喝酒,却没怎么显现出醉态。

"下葬的地点怎么定的?"

"打算火化以后葬在山林里。"

小叔听了,啪地把酒杯往桌上一放,抬高嗓门说:"自己家里有地,干吗火化!"

"哎哟,小叔。您这是老糊涂了吧,哪还有什么地不地的。之前也就那么巴掌点大,后来为了这孩子的婚事,不都卖掉了嘛。"

大堂姐像只麻雀一样叽叽喳喳地插嘴,刚说了两句就突然叫起疼来。原来是二堂姐掐了一下她的大腿。

"你这孩子,都多少年前的事了,有什么大不了的,提都不让提!"

大堂姐不高兴地说道。三堂姐也皱起眉头,把大堂姐劝住,扭头看我脸色。

是有过这样的事,很久以前了。我跟一个前辈从大学开始交往了八年。他的志愿是当一名法官,父亲对他很是满意。一到放假,他就经常来盘内谷,把我们家当自己家一样进进出出。还有好几次干脆提着一大捆法典过来,住上好一段日子,以至于盘内谷很多乡亲都把他当作我们家的正式女婿了。

结果在毕业那天,父亲让我坐下对我说:"他是要干大事的人,你放他飞吧。一个干大事的人,要是成了赤色分子的女婿,肯定束手束脚,腾飞不了了。之前你们还是孩子,谈个恋爱什么的,我没说什么。但到现在这份上,我们要是断送了人家的前程,能行吗?"父亲因为自己是赤色分子,就让我这个赤色分子的女儿放了心爱的男人,让他去干大事。其实那时的我根本还没想过结婚的事,跟父母的关系也很融洽。但就因为父亲这些话,让我起了逆反心理,说什么也要跟他在一起。直到交往了五年多,我才怀疑起自己跟他维持恋爱关系,是否只是为了跟父亲赌气。

他因为我,推掉了法官的任状,成了一名律师。交往八年后,他向我求婚了。第一次去他家时,他小心翼翼地让我不要提起我父母的事。虽然我有些疑惑,心想如果这样的话,为什么要跟他结婚?但我还是按照约定什么都没说。后来婚事一日千里,很快双方父母就正式见面,定了婚礼场地,发了喜帖。结果在婚礼前一天出了岔子。他的一个朋友住在他家里,打算第二天一起去婚礼现场,结果喝醉了以后,不小心当着他父母的面,把我的家庭背景都抖了出来。

那个朋友自己也吓到了,大晚上十二点给我打电话,声音都在发抖。朋友说,我男朋友的父亲把菜刀架在脖子上,问我男朋友是要女人还是要父母,二选一。男朋友不说话,只是一个劲地哭。电视剧都没这么演的。所以我替他做了决定,婚礼当天的凌晨,我给他打了一个电话,不由分说地取消了婚礼,之后再也没有见他。我没觉得委屈,反而一身轻松。父亲说得没错。不管他愿不愿意承受这份压力,我都不愿意一辈子带着断送了他大好前程的负罪感生活,也没必要。我当时还年轻,有更好的年华在等着我,有许多路摆在我面前可供选择。所以我跟小叔不一样,他的年华早就过去了,在他眼前只有一条走不到尽头的路。这些事,我差不多都忘了。不过,作为一个游击队员的女儿,我的生活就是这样,充满了坎坷曲折。

虽然赔了点钱给对方作为补偿,但弟弟的钱还在,后来被我当作押金租了金贳房①。这么说起来,有一对游

---

① 韩国的一种租房形式。租户向房东一次性支付一笔大额押金,通常是房子市价的80%左右,之后无需再支付额外房租,租约到期时房东会把押金退还给租户。

击队员父母也是有好处的,要是没有这笔钱,想在首尔找到一个稳定的住所太难了。

"难道我不知道吗?我有地呀!干吗弄得像一个无亲无故的人一样,非得火葬?而且照我看啊,二哥瘦得跟个竹签一样,烧都烧不起来!"

"嘿哟,我们小叔是下了大决心了啊。那你说要葬在哪里?有想好的地儿了吗?"又是大堂姐站了出来说道。

"长辈们的墓现在东一个西一个的,每次过节祭拜的时候你们也辛苦,所以我早就打算弄一个家族墓地了。要知道他走得这么急,就早点准备了,现在光整了整地……在把长辈们迁过来之前,也不能先把二哥葬进去……要不先把二哥葬在我们栗树林边上,等过两年家族墓地弄好了,再把他迁进去。"

果然这世间的人事就是这么难以参透。小叔都没正儿八经地活过,却把死后的事考虑得这么周到。

"孩子,小叔已经下定决心了,那就这么办吧。跟亲人葬在一块儿,你爸肯定也会高兴的。"

父亲会愿意跟亲人和和爱爱地葬在一起吗?父亲选择回到盘内谷生活,但凡亲戚遇到什么事,二话不说就冲在前头,这么说起来应该是愿意的。但父亲又是个彻头彻尾的唯物主义者,说不愿意,也不是没可能。我是无法得知父亲的意愿了……但要我说的话，我始终偏向于葬在白云山里。父亲走了，等日后母亲也走了，我还能回盘内谷几次？父母这一辈陆续都走了的话，我跟表堂亲们恐怕也就疏远了。我不能常回来，也不想把我的责任推到亲戚们身上。

"父亲已经说了他的遗愿，我还是想尊重他。"

"你爸活着的时候就丢下家人不管去找战友了，死了还要把战友摆在亲人前面吗？！"

小叔猛地站了起来，大声吼道。父亲丢下家人去找的那些战友们这时也转过头来，好奇发生了什么。

"他是你爸，你想怎么办就怎么办吧！反正他也从来没当过我哥！"

小叔说完扭头就走，大堂姐赶紧替我追了上去。

"她也不是那个意思。就她一个女儿，还没出嫁，肯定是怕给大家添麻烦才这么决定的啊。"

大堂姐的话像一把匕首飞过来，扎在了我这个还没出嫁的女儿胸口。但在被匕首扎中的瞬间，我就明白了，我果然是我父亲的女儿。父亲丢下家人投身社会主义怀抱的时候，甩开抓住自己裤腿的亲人成为一名游击队员的时候，应该就是这样的心情吧。或许迈出第一步的时候步履沉重，但越进入山林深处，脚步就越轻快。父亲果然是一个冷峻的理性主义者,而我果然跟父亲一个性子。我好像生平第一次能够完全理解他的心情了。

*

父亲的游击队战友们一吃完晚饭就回到了预订好的住处。毕竟年纪大了,坐上一整天也很辛苦。把老人家们送回去之后,鹤寿又一个人晃晃悠悠地回来了。

"怎么不休息,又回来干吗?"

晚上八点,首尔的宾客还有老人家们都回去了以后,会客厅里恢复了难得的宁静,只有几个堂姐靠着墙打盹。虽然我叫她们姐姐,但其实她们年纪都不小了,所以我准备让她们今天回家休息。

"老人家们都睡了,我一个人无聊啊,而且也想再看看老爷子。"

鹤寿一个人坐在桌前,不知怎么就喝起烧酒来,喝一杯看一眼父亲的遗照,就像那些一毛不拔的铁公鸡望着挂在家里天花板上的黄花鱼当下酒菜一样。我拿了一些橡子凉粉和白切肉,放到他面前。不过他跟我和我父亲一样,对白切肉完全不感兴趣。莫非他的口味跟我们一样？于是我又给他端来了一份特别辣的螺丝椒小菜。他刚吃了一口，就赶紧捧起杯子咕咚咕咚地灌水，看来他也吃不了辣。果然我们不是一家人。他很快就干掉了一瓶烧酒，却没有一丝醉意，目光如炬地说："老爷子一开始叫我尹先生，我一直让他别那么见外，他就是不听。"

过了好几年，父亲才开始叫他小尹。那已经是在送鲜明太鱼事件那会儿了。

"你知道他是什么时候开始叫我鹤寿的吗？"

我当然不知道。我一直很忙，对于这里的事情多少也算有点关注，但没法儿经常回来，鹤寿那段时间倒是不到一周就会来找父亲一次。

"有一次来，我发现老爷子这边腮帮子上受了伤，我就问他怎么伤到的。他说是骑自行车摔的。但我怎么看都觉得不像摔伤，一看就是被打的。"

所以鹤寿一口咬定父亲是被人打了，气鼓鼓地站起来，跑去银行取了五十张一万面值的纸币，分别装进了两个信封，一个二十万，一个三十万。接着他跑到了老年活动中心。据说那段时间父亲经常去那里，但我不知道，我以为他只是经常去三五钟表铺而已。

父亲也吓到了，不知道鹤寿要做什么，赶紧骑上自行车追了上去。鹤寿气势汹汹地推开老年活动中心的大门,两手往腰上一叉,吼道:"是谁?"

几个老人正围坐着打几块钱一局的花牌,被吓了一跳,齐齐望向鹤寿。鹤寿一米八五的个子,常年运动和潜水练得身材虎背熊腰的,之前还曾经想考陆军士官学校当一名将军,只不过因为自己在丽顺事件中失踪的小叔,考军校的事便无疾而终了,而他不仅没见过这个小叔,甚至连听都没听过。总之,鹤寿可以说是男人中的男人。求礼的老人们哪里见过这体形、这架势,都吓得大气不敢出一声。这时,正好父亲骑着自行车气喘吁吁地赶到,鹤寿就把父亲拉到了自己面前,说:"谁把我家老爷子打成这样的?趁我好好说话的时候赶紧站出来!要不我可不管他是不是老人,非把他大卸八块不可。"

父亲也是第一次看到这阵仗,一下子不知道该说些什么。

"到底是谁?赶紧说话!"

老人们交头接耳了起来。

"这谁啊?"

"他儿子吧?"

"他哪来的儿子,就一个女儿。"

"那是女婿?"

"什么女婿啊,他女儿光顾着读书,错过了年纪,还是个黄花闺女呢。"

虽然我没结婚,但也不是黄花闺女了。不过算了,就让他们这么叫吧。

"那能是谁啊?"

"私生子呗,你没听他叫老爷子吗?"

鹤寿瞪着私下嘀嘀咕咕的老人们,又喊道:"谁把我家老爷子打成这样的?出来!告诉我是谁就行。"

鹤寿从左边口袋里掏出那个鼓鼓的装着二十万韩元的信封,举得高高地说:"谁告诉我的话,我就给他一份丰厚的谢礼。是谁?哪个混蛋把我家老爷子打成这样的?"

这时有人举起了手。

据说事情是这样的。求礼的乡镇办事处附近种着很多柿子树,应该是大家约好了,说上面结的柿子就留给老年活动中心来摘。不知道是没长竹竿还是什么原因,总之父亲为了摘柿子爬到树上,结果摔了下来,脸撞到了沥青地面。听到这个说法,鹤寿的火更大了。

"你们他妈的是没手啊还是没脚啊?干吗让我家老爷子爬上树?"

听到这话,我也被吓到了,不过不是因为父亲爬树,而是因为鹤寿。之前见过他几次,一直觉得他是个特别斯文的人，完全没想到他也会爆粗口。

"谁会让他爬啊……"

周围的老人也都纷纷点头赞同。我知道，父亲干活儿不需要别人指使，肯定是他自告奋勇要爬的。他不是那种被人坑蒙拐骗的冤大头，而是个喜欢自找苦吃的冤大头。鹤寿肯定也知道。但就算知道，鹤寿还是上演了这场大发雷霆的戏码。他究竟在想什么？我心里明白，但从没表现出来过。

父亲在求礼最高的那栋住宅楼里当保安的时候，有一次我去给他送早饭，正好看到一个比父亲小一辈的男人对他破口大骂，说是有人在夜里把自己车上的保险杠给划了，还说父亲拿着那么高的工资却不好好干活儿，让父亲把人找出来，否则就掏自己腰包赔钱。我心里充满了怒火，却不敢上前制止，又实在看不下去父亲低着头被人呵斥，便顺着原路一个人回了家。为什么我不能像鹤寿一样站出来？是因为觉得父母不是普通的老百姓，而是伟大的革命家，不会被这日常琐事烦恼？还是觉得自己没钱又没胆，所以故意选择了逃避？或许，我自诩了解这世间的人情世故，但事实上却一无所知……

那一天，鹤寿把那举得高高的二十万毫不吝啬地留给了老年活动中心，然后把另一个更加厚实的信封当着所有人的面塞进了父亲的口袋里,他说:"以后有什么事,不管是晚上也好,凌晨也好,你立马给我打电话。我肯定放下手头所有的事,立马跑过来给你解决好!"

父亲像往常一样面无表情,只是点了几下头。不过在推着自行车往回走的时候,父亲唤道:"鹤寿啊。"

当时鹤寿认识父亲已经十年了,第一次听到父亲叫他的名字,高兴得像个孩子一样。

"一块儿吃饭吧。"

与往常不同,父亲这次把鹤寿叫到了家里。之前他们一起吃过好几次饭,但从来没有在家里吃过。因为父亲知道母亲就算有严重的脊椎管狭窄症,家里来了客人还是会尽心竭力,连餐盘都要换成招待专用的才肯罢休,所以很少邀请别人到家里。那天两人碰杯的时候,父亲给鹤寿倒了满满一杯酒。

"那天是我第一次见老爷子在家里喝酒,他说自己真的特别高兴。"

父亲从来没有说过自己期待什么样的儿女,也没有说过我有什么不足、对我有什么失望之处。但我觉得那天的父亲一定很幸福。即便鹤寿的方式有些粗野,但管他是无知还是粗鲁,那次的事件,等于在所有人面前宣告了自己背后有个这么靠谱的孩子,换了哪个父亲不觉得幸福?

鹤寿真是精于世故——看着他像父亲一样把烧酒倒进纸杯一口闷下的时候,我心里这么想道。鹤寿看着像在回忆过往,实际上是在质问独自过着好日子的我:你到底是个什么样女儿?

我没有想过我是什么样的女儿,该成为什么样的女儿。我只觉得,我是谁的女儿很重要。为了从游击队员的女儿这个身份的泥潭中挣脱出来,我花了一辈子的时间,直到现在还在奋力挣扎。要成为游击队员的女儿有个前提,就是父母的身份得是游击队员。而正如孩子会对父母有所期待一样,父母身为游击队员,肯定对自己的孩子也有所期待。但我好像从来没有考虑过这一点。如果允许我辩解的话,我想是因为游击队员的女儿这个身份是一个枷锁,对我来说太沉重了。但是本该听到这个辩解的父亲已经走了,连辩解的机会都没有留给我。这个事实太过残酷,让我第一次哭出了声。不过不是为了父亲,而是为了我自己。因为就算到了此刻,父亲走上最后一段路了,我还是只能做到这份儿上。而毫无血缘关系,却比亲生孩子更像亲生的鹤寿,此刻正用跟我父亲一模一样漫不经心又冷峻的眼神看着我。

*

夜深了,殡仪馆里只剩下我和父亲。好几个人说要留下来,都被我劝回去了。最后一个走的鹤寿眼神变得温柔起来,问我,一个人没关系吗?得到肯定的答复后,他点了点头,也回去了。求礼这个小地方只有两万七千人,过世的人不多,今晚这个殡仪馆里的逝者就只有父亲一个。因此留在这里的,真的就只有冰柜里的父亲和我两个人了。父亲出狱回来之后,我们还是第一次这样单独相处。倒也没什么好怕的。

父亲是一九八〇年八月十五日出狱的。那天天还没亮,我和母亲就在光州监狱门口等着了。但说是一早就会出来的父亲,我们一直等到日上竿头也没见他的踪影。一开始周围还站着其他人,他们跟我们有着或相似,或有些许不同却同样难以言喻的人生故事。可眼看这些人接二连三地抹着眼泪领着亲友离开,监狱门口随即又只剩下了我和母亲两个人。我又渴又饿。母亲挺直了身子,仰着脖子坚持了好几个小时,正想着要不要先去哪里把饭吃了,就看到沉重的铁门伴随着令人直冒鸡皮疙瘩的吱呀声缓缓打开。一个被剃成青皮头,换谁看都像个劳改犯,唯有一双眼睛炯炯有神的男人慢慢地走到我跟前。

我避开了他的视线。现在回想起来,父亲不过坐了六年牢罢了。但是这六年里,我从一个四年级的小学生,长成了一个胸部隆起、需要穿胸罩、开始经历例假的女中学生。眼前的父亲就像是一个初次见面的陌生男人。父亲一把抱住了我。我的身体却僵硬得好像一个稻草人,心里还不停地念叨着好热啊、好饿啊、好渴啊,以此来缓解尴尬的心情。父亲应该也感觉到了,我们之间变得格外疏远了。

那天我们回到求礼后,跟亲友们一起吃了一顿炸酱面,然后在不知道谁的提议下,去照相馆拍了一张大合照,还在上面印上了"高尚旭出狱纪念"的字样。照片里,我站在父亲旁边,顶着一张圆鼓鼓的脸望着空中,尴尬溢于言表。而父亲那双斜视的眼睛,也不知道看向了哪里。

第二天,母亲打包好紫菜包饭、几个甜瓜和一些葡萄,一家人去了燕谷寺前面的溪谷。也不知道为什么偏偏要来这里。父亲像以前一样脱得只剩一条内裤,跳进了冰凉冰凉的溪水里。而我觉得有些不好意思,背过身去呆呆地望着流淌的溪水。那是我们家第一次,也是最后一次一起出游。第一次就不说了,之所以会变成最后一次,恐怕就是因为那天的气氛尴尬得令人窒息吧。

父亲出狱之后的几天里，我们一句话都没有说，我甚至没有意识到这一点。之前的父亲是个喜欢与人交谈的人。他跟谁都能聊，一旦聊起来就能聊上几个小时，跟我也不例外。但那几天不仅我尴尬，父亲大概也对突然长大的女儿倍感陌生，不知道该说些什么，也不知该从何说起。

父女之间被夺走的六年永远也回不来了，尽管之后的生活渐渐回到了正轨，但父亲入狱前跟我的亲密无间，到他去世的那一天都没能再找回来。我一直深切地怀念着那之前我们相处的时光，常常想起父亲拼命踩着自行车脚踏板载着我赶往学校的那个下午。那时我以为迟到了，号啕大哭地跑进教室，才发现只有秋日午后的阳光静静地倾洒在桌椅上。是父亲故意把午睡中的我叫醒，骗我是第二天早上，把我好好捉弄了一番。我正生着气呢，父亲却把一颗像太阳一样鲜亮的红玉苹果塞到了我手里。回家的路上，我咬着苹果，酸酸甜甜的，好像要把我的牙都甜掉了，路边修长挺秀的波斯菊在秋风中轻轻地摇曳。

还有一些令人怀念的日子。父亲代替去赶集的母亲，承担起了烧火做饭的任务。平日里母亲爱惜米饭，不舍得煮出太厚的锅巴，而父亲却用小火故意烤出厚厚的锅巴来，把它捏成一个比我脸还大的饭团递到我手里。然后他把母亲的饭放在炕头，再一把将我抱起来，让我骑在他的脖子上，带着我到路口迎接母亲回家。在那条路上，有时大雪纷飞，有时伴着萤火虫的点点亮光。和父亲独处的时光是那么快乐，我甚至会期待母亲回来得晚一些，如果她才走到吐锦村的岔路口就好了。

有一天确实如我所愿，母亲回来得很晚。我们一直走到了吐锦村的岔路口去接她。虽然有一个多小时的路程，但父亲从头到尾没有让我下过地。过了岔路后再走上一段，一片灯火通明的地方突然映入眼帘。

"你知道那是哪里吗？"

我当然不知道，那是我第一次看到像白天一样明亮的夜晚。

"那里是鹰岩街。"

鹰岩街是我最喜欢的小舅舅住的地方。我一听高兴得不得了，在父亲的肩上快要蹦起来了。

"在哪里？在哪里？"

"那——边。右边最亮的地方看到了没？那里就是舅舅家。你仔细看看，舅舅是不是额头上绑着个白毛巾，正在学习呢？"

我反复揉搓眼睛用力去看，就是看不到额头上绑着白毛巾的舅舅。当时的我根本没想到那就是一个骗小孩的瞎话,只是一会儿把眼睛眯成一条缝,一会儿把眼睛瞪得像个大铜铃,就为了找到舅舅在哪里。

"我们家娥依要不要像舅舅一样用功读书,考到首尔大学去呀?"

"要!"

就在我眯着眼睛张望的时候,母亲顶着个巨大的包袱出现在了前方,背着灯火向我们走来。或许是因为包袱太重,母亲的步子有些踉跄。父亲赶紧把我放下来,朝母亲跑了过去。看到父亲抛下我跑向母亲,我特别失落,扯着嗓子大哭起来,差点被吃进去的锅巴噎住,一边吐一边哭得伤心欲绝。母亲蹲下想要背我,我却直摇头。父亲只好一手接过母亲的包袱,一手把我背到了背上,这才止住了我的哭泣。父亲一边走,一边晃呀晃呀,我趴在他的背上很快就睡着了。可能是单手托着我有些费力,父亲中途抬了抬我的屁股,我也因此醒了一会儿。

"别人家的孩子都最喜欢妈妈,咱们家娥依倒是最喜欢你呀。"

"那当然。娥依最喜欢爸爸了,我在她心里是第一,你是第二。"

"哎哟喂,好好好,你是第一,高兴了吧?"

"知道我为什么是第一吗?"

"你每天陪她玩呗。"

"不是。因为我做的锅巴比你做的大三倍!咱家娥依一看到锅巴就高兴得不得了。"

"没有锅巴,爸爸也是第一呀。"半梦半醒之间,我嘟囔了一句。父亲开心的笑声一下子响彻了整个夜空。

深切怀念……这个词对我来说好像有点夸张了。真正在每一个日夜深切怀念过去那些日子的,应该是被关在监狱里的父亲吧。直到在父亲的葬礼上,我才突然意识到了这一不争的事实。我这个女儿果然太不称职了。"爸爸。"我冲着父亲的遗照唤出了声。他当然已经听不见了,就像唯物论说的那样,他已经消失了,不会留下一丝灵魂,而那张照片也不过是光影的把戏罢了。我不会听到任何回答,也不会感受到任何波澜。不过说来也奇怪,遗照中的父亲,这个连着看了两天、刚才还看了几眼的父亲,好像突然变得亲近了起来,就像我所怀念的那些过去的岁月一样。似乎只有透过死亡,父亲才褪去了游击队员的身份,真正成为我的父亲,那个与小时候的我亲密无间的父亲。原来死亡并不意味着结束啊。生命会借助死亡,在人们的记忆中复活。或许正因为这样，人们才能够去和解和原谅。

夜越来越深，我却越来越清醒。我的心，比以往任何时候都要坚定而宁静。因为毕竟我是父亲这个冷峻的理性主义者的女儿。因为父亲留在这个世界上的最后一天要降临了。

*

在破晓之前，江对岸的智异山还被笼罩在墨蓝色的幽暗之中。还没有车辆穿行的沥青路上也是漆黑一片。不知道从哪里传来了一阵悠远的人声，像在哭泣，又像在吟唱。我刚从洗手间里出来，就循着声音找了过去。刚绕到殡仪馆办公室的后面，那声音就变得清晰了起来，原来是歌声。

> 辽阔的海边有一间破旧的房子
> 曾经住着捕鱼的男子和他稚嫩的孩子

两名女子蜷缩着坐在一起，靠着对方的肩膀，哼唱着《克莱门汀》①，像是在哭泣一样。这是我学会的第一首歌，还是跟音痴父亲学的。上小学的第一堂音乐课，被老师点名后，我骄傲地唱了这首歌，结果引发了同学们的哄堂大笑。这首歌是我骑在父亲的肩上去接晚归母亲的路上学的。后来才听说这首歌的原曲讲述了一个悲伤的故事。在美国掀起"淘金热"的时候，一名男子带着女儿横穿美洲大陆，在加利福尼亚的峡谷定居下来，为了女儿的幸福生活，他努力淘金。可有一天，他的女儿克莱门汀失足掉进峡谷里，被湍急的河水卷走了，再也没有回来。男子就是唱着这首歌不停地寻找着自己的女儿。眼前这两名女子唱的也是这首歌，而且跟我一样跑了调。

可亲爱的克莱门汀，我最爱的孩子
你抛下年迈的老父亲长辞去了哪里

对我们家来说，和歌曲不同的是，离去的是父亲；相同的是，我们都无法相见了。我好像看到父亲在铁窗里来回踱步，唱着这首歌的模样。天底下那么多曲子，

---

① 原曲名为 *Oh My Darling Clementine*，被译作《亲爱的克莱门汀》或《克莱门汀》，原为一首英文儿歌，此处为韩国改编版本。

父亲为什么偏偏选了这首歌作为第一首教给了我？或许是他深知自己这次因病保释出狱只是暂时的，我们很快要面临又一次分别。

大概是察觉到我靠近时的动静，歌声戛然而止。其中一人站起身，朝我走了过来。我一眼就看到了她满头的黄发，这才想起来，我只是把电话号码给了她，却忘了问她的名字。

"这么晚，你怎么来了……"

女孩转身冲刚才跟自己坐在一起的女子叫了一声"妈"。看来她就是父亲口中那个来自战胜了美国的伟大国家越南的女人。

"我妈说想趁着不忙的时候来看看高爷爷，但到了以后发现灯都黑了，就想着先在这里等等。"

父亲到底掌管了求礼多大范围的闲事啊,真可谓"流芳百世"了……我扑哧一声笑了。

"要来吊唁的话，敲个门就可以，我没睡。怕其他人累，我就让他们先回去休息了。进去吧。"

母女俩牵着手，跟我走进了吊唁厅。我把之前关掉的灯又全部打开，在明亮的灯光下，遗照中父亲的脸又鲜活了起来。战胜了美国的越南女性来到在战争中失败变成逆贼的父亲的葬礼，我想父亲应该会很高兴。

女人好像被突然打开的灯光吓了一跳,把头深深埋了下去。祭拜完起身的时候,我看到她右边的脸颊和脖子上有一片清晰的掌印,像才出现没多久的样子。看来那些发生在移民女性身上的遭遇,她也没能幸免。全世界唯一击退了美国入侵的伟大民族在韩国的生活却如此悲苦。

"姐,是不是有饭吃呀?"

女孩冷不丁地问道。女人听到后,轻轻扯了一下女孩的袖子。

"怎么了?不然你想怎样?你打算现在回去再挨一顿揍?"

女孩不客气地把自己的母亲教训了一顿,扑通一下坐到了旁边的桌上,然后把这里当成了自己家一样,取出一瓶烧酒。女人眉头一皱,作势就要把烧酒抢过来。

"谁说我要喝了?是给你喝的!喝了酒才能消气啊。高爷爷不说了吗?心火旺的时候,酒就是良药。"

我刚还想女孩的语气怎么听起来像个老人似的,看来是跟我父亲学的。女孩豪气地往杯里倒满烧酒,放到了她母亲面前。我赶紧把米饭和辣牛肉汤端上桌。看来她们连晚饭都没吃。女人叹了一口气,刚抓住酒杯,女孩就小心翼翼地把酒杯抢了过来,把勺子塞到她母亲手里，说："先垫垫肚子呀。"

趁女人刚把米饭拌在辣牛肉汤里吃了几口，我赶紧又端来一些小菜。女人恭敬地点了点头表示感谢，很是礼貌，果然是伟大民族的后代。其实我有些好奇，她们母女怎么会天还没亮就跑到殡仪馆来找饭吃，但毕竟是第一次见面，我也不好意思过问。我猜父亲应该知道其中的隐情，所以她们才会基于对父亲的信任，好不容易鼓起勇气找上门来。我还想问问那首歌她们是跟谁学的，但最后还是决定不问了。眼看天马上就要亮了，今天还有那么多事要做，实在无暇顾及一个陌生人的故事。

几杯烧酒下肚，女人原本毫无血色的脸红润了起来，原先清晰的掌印稍微淡了一些，紧闭的嘴唇也张开了。

"很抱歉，第一次见面就给您添麻烦了……"

女人的韩语很流畅，而且没有地方口音。女孩看出了我的疑惑，立刻解释道："我妈读大学的时候是韩语专业的，是知识分子，跟我可不一样。"

"知识分子"这种词应该也是跟我父亲学来的。

"你也参加同等学力高考读大学就行了啊。"女人温柔地抚摸着女孩枯黄的头发说道，"这种事也不是经常发生……他的本性还是好的……考虑不周给您添麻烦了。"

"好什么好啊!每天打人就是本性坏,一年打一两次本性就是好的了?高爷爷不是说了吗?对女人动手的都不是好东西!"

看来我父亲的话在女孩眼里,成了《资本论》或是《圣经》一样的东西了。

"每个人都有不得已的苦衷,你别太怨恨你爸。"

我差点以为是父亲死而复生说了这话。

"高爷爷也是,妈也是,张口闭口就是那该死的苦衷!啊啊啊。"

女孩一边叫一边捂住自己的耳朵摇头,做出一副不想听的样子。我在父亲面前偶尔也会这样,只不过不像孩子那么可爱地捂着耳朵摇头。从孩子对父亲顶嘴这一点来看,她并不是父亲盲目的追随者。这样很好。至少在我父亲走了之后,要摆脱他的影响,多少能容易一些。

喝完半瓶烧酒之后,女人靠在墙上打起了盹,看来这一天是真的累了。女孩把自己的衣服脱下来,盖在了她母亲身上。

"姐,我们在这里休息一下就走。再过一会儿,那家伙应该就会喝醉睡过去了,到时我们悄悄溜回去就行。"

"丧主的休息室里没人,你跟你妈妈去那里好好睡一觉吧?"

孩子摇了摇头。

"再过一会儿店里就得开门了,睡不了太久。正对面开了一家便利店,我们也得一早开门,这样老顾客才不会被抢走。"

"小超市不是奶奶在看顾吗?"

"奶奶出了车祸,股骨头裂了,已经三个月了,现在还在医院里住着。最近是我妈代替奶奶看店,结果那家伙傍晚就跑过来大闹,让我妈把奶奶的赔偿金存折交出来。那钱来得多不容易啊,差点还拿不到呢,多亏了高爷爷帮着到处联系,好不容易才讨回来的……奶奶还说,那笔钱要留给我以后开美发店用,不管什么人,要敢动那笔钱,就把他的手打断……"

鹤寿是保险公估人,在他们申请赔付的时候应该也帮了不少忙。这个世界就是这么小,人跟人之间兜兜转转,总是有着千丝万缕的关联。就算鹤寿看到这女孩,恐怕也很难联想到她跟自己曾经帮助过的老奶奶是一家人。父亲在这个小小的世界上编织起来的那个细密的人情网,此刻无比鲜活地呈现在我眼前。

"要我说,我只要跟奶奶还有妈妈一块儿生活就够了。如果真能这样就太好了……高爷爷在的话就更好……我到现在还是没办法相信高爷爷已经走了。"

孩子握着拳头,用手背抹了抹悄然掉落的眼泪。她把头靠在她母亲的肩上,又抹了几次眼泪之后,沉沉睡去。我从休息室拿了一张薄被盖在她们身上,把被子的两个角塞进她们的肩膀和墙壁中间,这样被子就不会因为身体的挪动掉下来。因为她们是珍贵的吊唁者,她们比任何人都更为父亲的过世而感到遗憾。

白色被子包裹下的两人就像是小时候见过的蚕茧一样。此时阳光正慢慢拨开黑暗,黎明就要来临了。

十一点,我按照预约的时间抵达了火葬场,但一直等到十二点还没有轮到父亲。我目不转睛地盯着屏幕上滚动的名字,忍不住找到了办公室询问。工作人员说了句抱歉,脸上却完全看不到一丝歉意,又接着说:"说来也奇怪,有的日子客人爆满,有的日子又一个人都没有。不知道是不是大家都不愿意一个人上路,所以都约好了,赶在一天一块儿走。您就想着令尊今天上路不会孤单了,再等等吧。再催我们也没法,第一位客人晚了,后面的就只能跟着往后延。也不能中途烧到一半就停了。"

不管是殡仪馆还是火葬场,面对的客人都是死者,不知道该说这样的工作凄凉还是惬意。工作人员说得没错,催促又有什么用呢?

我走到火葬场建筑后面,找到我以前的学生,他们正躲在那里抽烟。从大一开始,他们就毫不忌讳地在我面前抽烟了,甚至还穿拖鞋趿拉趿拉地走过来问我借火。不过刚认识他们那会儿已经是十五年前了,如今更不需要躲起来抽了。

"二十岁不到就明目张胆抽烟的家伙,今天怎么还懂得避讳起来了?"

他们中的一个用中指把烟弹灭,笑了一下说:"也是时候成熟起来了。"

另一个学生接过周围人的烟头,装进了空烟盒里,说:"就是,我还以为到了什么文物馆了。你们听到没,大家都把老师叫孩子。老师是孩子,那我们岂不都是精子?"

一句话惹得大家都憋着气哼哧哼哧地笑了。这就是他们安慰我的方式。一个学生冷不丁地递给我一根烟。

我第一次被父母抓到抽烟是在入学毕业的前夕。那年夏天,我把自己关在盘内谷,抱着不成功便成仁的决心准备"新春文艺"①投稿。来之前我准备了好多烟,以

---

① 韩国各大日报社主办的一项活动,以庆祝新年,设立奖金公开征集文学作品,旨在发掘新生文学作家。

为肯定够了，没想到中途就抽完了。盘内谷里没有什么像样的商店，我又不愿为了买烟顶着大太阳跑到镇里，就打算趁机把烟戒了。实在忍不住的时候，就去父亲那里偷上一根青瓷牌香烟抽抽。我们家后面连门都没有的厕所是最适合偷摸抽烟的地方。村里厕所特有的气味，能够掩盖烟味。墙上打的透气口也没装玻璃窗，山风呼呼地穿过，通风换气特别好，要是听到有人靠近，只要假装咳嗽几声就完了。

有一天，母亲板着脸问我："你是不是抽烟了？"

母亲突然这么问，肯定是掌握了决定性的证据，但我还没回答，母亲就摊牌了："你爸在掏大粪的时候看到烟头了。"

哎呀，果然是我失策了。在首尔生活了几年就忘了村里的习惯，那时候农村还在用大粪作肥料。那烟头里满是化学物质，村里人肯定不会往那粪坑里扔。

"抽烟又费钱，又伤身子，这世界上最没用的东西就是烟，你抽它干吗？赶紧戒了。"

我嘴上答应，却一直没有戒掉。就这么过了一两年，有一天跟母亲在看什么电视剧，看到里面的一个女性角色抽烟，母亲就咂着嘴说："哎哟，这是谁家的女儿，女孩子家家的，还抽烟。"

我在旁边忍不住笑了。原来当年母亲跟我提什么吸烟有害健康，只是怕说女孩子不能抽烟会引来父亲和我的一顿抨击，所以才假惺惺地拿健康当借口。父亲除了新闻以外什么电视都不看，更不用说电视剧了，这次也不例外，他从报纸里抬起头，插嘴说："你说谁家女儿？你家的呗。你女儿不也抽烟吗？"

母亲好像怕谁听到似的，四下张望了一番，用低沉但坚定的声音说："她早就戒了，不对，戒什么戒，她就是好奇试了一次罢了，谁说她抽烟了，要让别人听见就麻烦了。"

虽然母亲再三否认，父亲还是用鼻子哼了一声。他自己就是个老烟鬼，当然知道这东西哪么容易戒掉。母亲一直辩驳，说"你女儿才不是那种会抽烟的孩子"。父亲终于忍不住了，几句话严肃又干脆地给这个话题画上了一个句号："别人家的女儿抽烟不像话，自己女儿抽烟就纯属好奇？你那就是典型的小市民思想！连这点小市民心态都克服不了，你还闹什么革命！"

当时的母亲已经六十多岁了。一个六十多岁的赤色分子在资本主义韩国还能闹什么革命，克服什么心态？在我看来，这简直就是一场黑色喜剧。我一边想着，一边站了起来——我的烟瘾犯了。为了抽烟，我一路爬到了周围人根本不会去的小山腰,连抽了三根烟。抽烟时,我望着山下我们家的房子,感觉就跟火柴盒似的。而住在那火柴盒里面,就跟火柴头上的红磷一样大小的母亲,此刻说不定正在深刻反省自己为什么没能摆脱典型的小市民思想。真是又可笑又可怜。

到现在,母亲一见到我还是唠叨着让我戒烟,但父亲从来没有跟我提起过抽烟的事。有一次我在阳台抽的时候,父亲走了进来,说:"给我来一根。"

父亲点上我递给他的烟,我也把原本藏在背后的香烟大大方方摆了出来。我们两个人并排站着,望着智异山抽了起来。那天跟父亲一起抽的烟,是我开始抽烟之后最有味的。这么回想起来,父亲确实是真正摆脱了男权思想、小市民心态的革命家。如果世上有灵魂的话,父亲的灵魂看到今天这场面,应该也会说"给我来一根"吧。我向学生又要了一根烟,点燃后放在了石头上。我看着那根燃烧的香烟,祈祷那烟雾能够飘到父亲的身边……

"看来要晚了,老人家们过了饭点应该熬不住,你们帮忙分一下盒饭吧?"

年轻人的手脚果然麻利,同行的四十多个人瞬间就都拿到了盒饭、水和水果。还好听了米糕店姐姐的话。早上办完路祭正要离开的时候,姐姐找到我说:"你找几个年轻人来帮帮忙吧。这些都要运过去。"

不用问,一看外观就知道是姐姐准备好的盒饭。

"不知道要弄到几点,我就赶紧简单准备了一下。听说经常延迟,也不能火葬到一半还要出去买饭吃。"

那会儿刚刚过了九点,姐姐到底哪来的时间准备了四十多个人的盒饭呢?吃早饭的时候,我还去了几趟厨房,都没看出什么端倪。说不定就是因为我什么都不太上心,所以才什么都注意不到。姐姐又递给我一个大大的保温瓶,说:"这个你让人单独拿好,你妈妈吃不了凉的,所以我给她准备了一些热的芝麻粥,我多做了一些,如果有别的老人家吃不下米饭,让他一起吃。"

黄老板这时不知道从哪里冒了出来,接过保温瓶,递给了这三天一直在旁边帮忙的学生。看来他也在细细观察这几天往来的人。

趁着学生在分盒饭,我去了一趟办公室,准备跟黄老板结账,结果发现他递来的账单里没有算烧酒的钱。

"难道我还出不起这点烧酒钱?我好歹也是个老板啊。"

黄老板还说自己很抱歉没法儿跟去墓地,还另外准备了充足的烧酒,让我在火葬场和墓地祭祀的时候用。初次见面的黄老板还对我照顾有加,让我感到既陌生又感激。

就在大家快吃完饭的时候,父亲的名字出现在了屏幕上。我捧着父亲的遗照走进观炉室。看着他的遗体被送进火化炉后,我们举行了最后一次祭拜。鹤寿在我后面,像是儿子女婿那样行了礼。外人看了,说不定会误以为我跟他有什么关系,但我并不介意。鹤寿俨然已经是父亲的儿子了,甚至比我这个女儿更称职。

我跟母亲坐在观炉室里,看着正在焚烧父亲遗体的火化炉。父亲坚信人类起源于尘土,而他现在也正逐渐归于尘土了。母亲紧紧握着我的手,在我耳边轻声说:"孩子,早知道就让他碰了。"

过了好一会儿,我才明白母亲说的"让他碰"是什么意思。说出这种令人脸红害臊的话,母亲却非常淡定,只顾着抹眼泪。

"我不是常年病痛缠身嘛,所以有一次我抱怨他说,我自己的身体都快承受不住了,你还整天来闹腾我,你去别的地方解决了再回来吧。"

父亲听了暴跳如雷,说:"我真的去了?!"

"你去吧。"

父亲怒气冲冲地把门一摔,消失在了浓浓的夜色里。据说连我都被那摔门声吵醒,大哭了起来。

"我好久没有睡得那么香,他不碰我的话,我真的睡得很舒服。"

"后来呢?爸真的去什么地方解决了?"

"那时候还有宵禁,你爸又是因病保释出来的,大晚上能去哪里?"

父亲是去了前面的大伯家,跟当时还健在的大伯喝了一晚上的酒,直到天大亮了才回来。父亲黑着脸,瞪着母亲吼道:"下次再说这样的话试试,我就真去了!"

"当时听到这句话,我也挺伤心的,心想我都病成这样了,还不体谅一下我。还是个革命家咧,连这点事都忍不了。难道男人就那么喜欢那事儿吗?不过那之后,只要我说难受,你爸就灌下一大杯烧酒,转身睡了。我这才得救活了下来。要不然啊,我是享不了天年了。"

换作平时,我一定哈哈大笑,但是父亲的遗体还在面前焚烧着,这时候笑太不合适了。于是我竭力咬着嘴唇不让自己笑出声来。

"再怎么说,这话也不适合在火化的时候说吧?"

母亲好像也觉得不合时宜,忍不住笑了,眼里却噙着泪水。

"不过说来也奇怪,坐在这里,就总想起那一天。当时就该让他碰的……他明知道我身体不好,要不是忍到迫不得已了,又怎么会提这个要求……"

母亲跟父亲一起生活了快五十年,好像也终于明白了父亲的苦衷、男人的苦衷。我也是一样。父亲是革命家,也是游击队员们的同志。但在那之前,他是儿子、是兄弟;是一个男人、爱人;他还是母亲的丈夫,是我的父亲,是一些人的朋友或邻居。不是只有佛才有千面千相,人也有成百上千张面孔。而父亲的面孔,我又认识多少?比起我这一生所面对的那几张面孔,我在葬礼上似乎认识了更多。想到这里,那个在夜里缠着母亲要恩爱的父亲也不再好笑了,因为那就是作为一个男人的父亲,正如所有人的父亲一样。只是我不曾了解过罢了。

最后,父亲被烧成了灰装进了骨灰盒里,手摸上去的时候,还有些温热。小叔不知道坐了谁的车姗姗来迟,伸出骨瘦嶙峋的手臂一把抱住了父亲。父亲的温度大概顺着小叔的手臂温暖了他的血液。小叔一下子瘫坐在地上,抱着父亲的骨灰号啕大哭起来。从九岁开始就与自己哥哥疏离的小叔,终于在近七十年之后,与父亲紧紧抱在了一起。堂姐们也都围在小叔旁边,抹着眼泪抽泣。我衷心希望父亲骨灰上的温度能够融化小叔这七十年里像冰山一样坚硬冻结的心,消解掉堂姐们因为父亲而陷入的为难。这时,父亲那些原本聚在一旁的战友们,正朝着父亲的骨灰走来。

*

白云山大峙离这里很远。从求礼这边上山的话,山路又窄又陡,小巴上不去。从光阳那边上去的话,路会好走一些,但从这里到那边山脚要一个多小时。抵达首尔大学实验林门口的时候已经过了下午三点,同行的几辆小车在前面停了二十多分钟还是一动不动。坐在后面小巴上的亲戚们每隔五分钟就跑过来问发生了什么事。几个堂姐虽然昨天是在家里睡的觉,但毕竟连续两天从早到晚都在招待宾客,没能好好休息,此刻都是满脸倦容。她们也都快七十岁了。

等了三十分钟以后,鹤寿一路小跑着来到我的车前。他的车在最前面,后面跟着四辆载着父亲游击队员战友的车,然后才是我乘坐的出殡车。我刚要下车,鹤寿连忙甩了甩手让我回去。

"欸,遗照别让人看见,你除了丧服是不是没带别的衣服了?"

看来要从实验林进去不容易。虽然时不时有些登山客从这里上山,但这么多车辆一起进去恐怕并不多见。再加上我们是想要在山上下葬,说不定未经允许擅自进行树葬还是违法的。

"是不是只要不被发现我们是出殡车就能进去?"

"先谈谈再看吧。我过来就是告诉你们再等等,免得伯母担心发生了什么事。"

母亲从车窗里探出头来问:"发生什么事了?"

我们从南原出发的时候,母亲的状态就不是很好,一路上不停地换坐姿,估计是腰痛复发。她这状态估计也坚持不了太久了,但如果不让她跟去下葬的地点又说不过去。

母亲听了大概的情况之后,想都没想就说:"你爸活着的时候就躲了一辈子,死了还要躲躲藏藏的?"

我不顾鹤寿的阻止下了车,看到前面是一条弯弯曲曲的砂石路,一直延伸到林子里,大概只能容纳一辆卡车通行。

"从这里走要多久?"

"开车的话三十分钟。远倒是不远,就是道路没修好,而且弯比较多,车开得慢。"

我穿过停靠的车队,走进山路里看了看。虽然是入口处,树林却很茂密。除了我们一行人,完全看不到其他人或是车。父亲愿意被葬在这里吗?一个人冷冷清清的独自在这深山里?父亲确实在白云山里待的时间最长,但他成为游击队员后,活动的范围覆盖了好几座山,时间从一九四八年的冬天跨越到了一九五二年的春天。所以,虽然游击队员的身份禁锢了父亲一辈子,但他真正作为游击队员活动的时间,不过短短四年罢了。短短的四年,却让父亲一辈子寸步难行。这与其说是因为父亲的信仰过于坚定,不如说是因为韩国视社会主义为禁忌,一旦成了社会主义者,就再也没有容身之处了。对于一个什么也做不了的人来说,时间是静止的。因此,父亲好像成了一具标本,被钉在了那四年的时光里。而父亲在求礼度过了更长的时光。在这段时光里,他是一个求礼人,与求礼人为伴。不仅亲友都在求礼,相识七十年的知己也在。所以父亲的根不在山里。他的信仰只是从那根上生长出来的树干罢了,就算把树干都砍掉,树还是能够活下来,长出新芽,然后伸展出新的枝丫,最终长成新的树干。

鹤寿还在跟实验林管理处的工作人员讨价还价,我把他叫住了。

"我不想把父亲葬在这里。"

鹤寿听了,一脸诧异地望着我。该怎么向他解释呢?鹤寿为了揭露丽顺事件的真相倾尽心血,把那些为建设一个平等世界不惜牺牲生命的游击队员当成自己的父亲,花自己的钱细心照顾他们……我如果实话实说,他能理解我吗?

"我感觉父亲葬在这里的话太孤单了,亲戚们也很难再过来。"

鹤寿沉思了一会儿,点了点头。

"你说的也是。那要葬在哪里?"

对于这个问题,我决定诚实回答。

"小叔说要让出一块地给父亲,我觉得也不好。"

"那你打算怎么办?"

"就随便撒到哪里都行。"

鹤寿一下子瞪大了眼睛。

"父亲平时就是这么想的,说反正死了埋下去也会腐烂,不如烧掉,哪里方便就撒到哪里吧。"

鹤寿哈哈大笑起来。说不定他也从父亲那里听过这些话。

"果然是老爷子,是他的风格。不过,随便哪里是哪里?"

"就父亲常去的那些地方，到处撒一点儿，盘内谷也撒一点儿。"

朴东植好像也察觉到了什么，快步走过来，问我们怎么了。我一五一十地告诉了他。对于父亲的遗言，他只是默默地点了点头。不过作为村里老黄牛的他反应也很快，说道："问题是那些老头子们怎么办？他们好像连悼词都准备好了。"

"就跟老人家们说这里的管理处不让葬，只能葬进祖辈的坟山上。"

"行，亲戚们那边我来跟他们说。"

父亲的两个暮年之交一拍即合，甚至都不需要我出面。不愧一个是志向成为将军的人，一个是村里的老黄牛。鹤寿和东植两个人一边说服众人，一边安排指挥，进展飞速。大家听说管理处不让出殡车辆进入，立马就被说服了。不过我还是打算对小叔如实相告。

"现在打算怎么办？"这么久了，唯一一天从早到晚都没有喝酒的小叔问道。

"白云山也好，智异山也好，我想自己去走走，看到合适的地方就撒上一点儿。"

小叔这次坦然地接受了。

"反正他就跟洪吉童一样四处奔走，哪里都跑遍了，这样可能更好,你看着办吧。"

很快,车队开始从后往前,一辆接一辆掉头,朝着山下的世界驶去。就连那些游击队员们,也不知道是因为上了年纪真的累了,还是返程的时间紧迫,也都顺从地跟着下了山。当年父亲为了重建地下组织而假装投降下山时,看到的应该也是这一路的风景。只是那会儿可能为了避人耳目,他选择了夜里动身,而山下的世界则是以白昼一样明亮的灯火迎接他的到来。或许父亲的心里很清楚,真正的战场并不在山上,而是在山下,是在那个人们三三两两聚在一起吃饭、学习、相爱、相争的灯火通明的世界里。父亲一定是这么想的,这才是我所认识的父亲。我把父亲已经冷却的骨灰抱在怀里,像自首那天的他一样,向着山下的世界出发了。

*

我把病痛复发的母亲留在家里,自己出了门。好久没有像今天这样在求礼闲逛了。鹤寿主动追了上来,说:"老爷子都爱去哪些地方,我比你更清楚。我们先去哪儿?"

"中央小学。"

中央小学离家不远,也是我的母校。求礼大概有三分之二的人都是从这里毕业的。父亲在这里认识了一辈子的朋友。后来上了光州一中、把他引向社会主义的同学也是在这里认识的。当时中央小学的校长是个日本人,他们家人一点儿粮食都没有分配到,父亲就送了他们一袋米。为了表示感谢,校长告诉父亲日本马上就要战败了,还给父亲开了一张假的铁路学校毕业证,让父亲得以逃过学生兵征兵。说不清校长的善意对于父亲来说是得还是失,因为父亲当上铁路工之后,就加入了工会,变成了社会主义者。要不然,父亲就得被拉去当学生兵。当时处于日本殖民下的朝鲜青年根本谈不上有什么光明的未来,所以不论善意带来什么结果都无所谓,父亲只是单纯相信善意本身。我突然想起那个叫赵龙植的人,就是他引领父亲成了社会主义者,还曾经跟父亲畅想过去平壤留学,没承想他竟然刚上山就死了。

不是社会主义者,却对社会主义者的父亲视如己出的苏老师,也是在中央小学和父亲认识的。苏老师一直为父亲选择去当铁路工而没有上京畿高中感到非常惋惜。后来他还介绍了我父母认识,我才得以出生。父亲在中央小学结下的缘分肯定还有很多,例如平价小饭馆的老板娘就是其中之一,只是我不知道罢了。正是因为这些缘分,父亲的一生才这么波澜壮阔、丰富充实。

我抓了一把事先分装在小袋子里的骨灰,举到了半空中。骨灰不像面粉那么细腻,抓在手里好像会发出沙沙的响声。正好一阵风吹来,把父亲的骨灰吹向了校园。就在那校园里的某个地方,父亲曾故意扯断了他同年级的初恋女生的橡皮筋。

"就这么一声不吭撒了?"

"他就是让这么撒的啊。"

鹤寿也把紧握的手伸向半空,慢慢松开了拳头。父亲的骨灰随着凌乱的风翻飞了一会儿,转眼消失了,究竟去了哪里,恐怕只有风知道。但不管去到哪儿,父亲的骨灰最终都会落地,变成沃土的一部分。我暗自祈祷,希望它也能飞到通往文尺的道路两旁,为那些足有一人高的波斯菊带来一些滋养。

下一站要驱车前往盘内谷。现在的路面已经是沥青的了,父亲上小学的时候,这里还是新铺的石子路。每天早晚,父亲就是经由这条路步行往返于中央小学,中途还要坐船穿越蟾津江。如今为了免受洪水之苦,蟾津江上已经建起了一座巨大的桥。我打开车窗,扬了一把骨灰。那骨灰四散开来消失不见了，我的记忆却清晰了起来。

一次洪水退去的时候，我和父亲站在江边。我只记得那时我还小，但具体几岁我已经忘了。江水卷着黄泥汹涌翻腾，好像要把堤坝都吞没了一样。如往常一样，我骑在父亲的肩头，看着湍急的洪水席卷着五花八门的东西奔涌而下，各种家具、猪，还有牛……人们颤颤巍巍地站在堤坝边，用长长的竹竿去够。有一只猪勉勉强强挂在了竹竿上，人们发出一阵感叹：它也想活下来啊。但最后那只猪还是没能战胜湍急的水流被卷走了。

我突然看到一个屋顶在江水里浮浮沉沉，上面挂着一个人，我顿时尖叫了起来。父亲几乎是把我扔到了地上，随即一边顺着堤坝跑，一边抓着竹竿伸向那个人。但无奈洪水的流速要比父亲的脚步快得多，而那竹竿的长度又远远不够。我怔怔地望着那茅草屋顶和扒在屋顶上的人，看着他们非常有节奏地随波浪起伏越漂越远，我忍不住哭了出来，一哭就哭了很久。父亲问我怎么哭了，我忘记自己是怎么回答的，只记得父亲后来对我说的话——"洪水能把世上的脏东西冲刷得干干净净的，只有洪水席卷过的地方，才能开辟新的道路。"

相比那时，如今的蟾津江简直就跟条小河差不了多少。大坝修起来之后,流量明显减小了很多。原来的水道也渐渐堵上,江水变得腐臭起来。不过就算有大坝,有一天也会涨起比它更高的洪水吧。我暗自祈祷,父亲的骨灰能附着在江边那高高的石头上,等有一天洪水再次汹涌而来的时候,随着它开辟出一条新的道路。

在前往盘内谷的路上,我时不时就会打开车窗,撒下一些骨灰,因为我不确定在这条路的哪一处还留存着父亲的哪些记忆。日本占领时期,父亲会挑上两担木柴沿着这条路去卖,因为一担卖不了多少钱,所以要先挑上一担送去卖,再折返回来挑上一担。就这样,往返八公里走成了十六公里。这么说来,父亲,还有那时候的人们,都是这样一个肩膀挑上两副担子活过来的。我突然想到,是不是因为小叔和我太过柔弱,或者是生活变好了,才让我们觉得一个肩上挑不了两副担子,于是主动选择了撒手不管?

盘内谷很安静。下午六点正是大家吃晚饭的时候。亲戚们因为几天的葬礼,多半已经累得瘫倒在床上了。我们家原本的老房子已经被拆掉,只剩下空地,连带着栗树林卖给了一个据说偶尔会过来看看的首尔人。我在那空地上,以及当年我离家出走未遂事件的冲突爆发地、栗树林里的大岩石周围,小叔家门口,还有现在的老年活动中心、也就是当年爷爷被打死的那个亭子前,都留下了一些父亲的灰烬。还有那条父亲像孩子一样玩水的小溪也不例外。撒的时候,我心里祈祷着,不管在这些地方发生过什么,倘若还有一丝能量或气息孤独地残留,我希望它们都能得到化解;也希望在亲人和理想信念之间选择了后者的父亲,能够在这里留下一缕魂魄,去抚慰那个因目睹他们的父亲死亡而吓尿裤子、昏厥过去的九岁的小叔内心的苦楚。

我跟鹤寿两人一路无声地回到了镇里。

"去老年活动中心。"

鹤寿没有问我原因,直接把车开了过去。老年活动中心离家不远,可能因为是饭点,所以没有开灯。我在父亲当年停放白行车的地方,还有他推着车叫了一声"鹤寿"的那条路上,留下了一些父亲的心意。然后我们把车留在那里,向着五岔路口走去。

这个路口每个求礼人每天都会经过好几次,旁边的小超市自然也在营业。就像女孩说的那样,双向车道的对面开了一家便利店,用华丽的灯光招揽着客人,与求礼的气氛格格不入。夜色已经吞没了远处智异山的山峰,正在向求礼蔓延而来。我趁着没人从小超市的门前经过,在那里撒了一些父亲的骨灰。这时有人从小超市里走了出来，是那个黄头发的女孩。

"果然是姐姐，我怎么看都像是你，就出来看看……"女孩今天好像喝醉了一样，话说得特别流利。

"你要不要也撒一点儿？"

"是什么啊？"

"你高爷爷火化后的骨灰。"

女孩的身子微微颤了一下。我也知道这个要求有些过分，毕竟她还是一个没有亲历过死亡的孩子。

"不愿意也没关系，你可以告诉我你跟爷爷抽烟的地方吗？"

女孩走到了前面带路，没有说话。小超市的旁边就是女子高中，他们第一次遇到的地方就在校门前面不到一百米的小巷子里。

"看来你高爷爷说得没错啊，不注意点德行，就在校门口、家门口抽烟？但凡有点德行，起码也躲远一点儿吧。"

女孩扑哧一声笑了。我就在这条少有人经过的小巷子里，在当时那个心灵受伤的移民二代女孩留下满腔愤怒的小路上，撒下了一些父亲的骨灰。我转身问鹤寿："给我一根，不，给我两根烟。"

鹤寿应该还不知道我也抽烟，不过他没说什么，抽出两根烟递给了我。我把其中一根递给了女孩。女孩小心翼翼地看了看鹤寿的脸色。

"你这孩子,我还能吃了你?干吗看我啊?"

女孩笑了一下把烟点着了。三个人就这样一块儿抽起了烟。一块儿,仔细想想,这个词还挺美好的。女孩烟抽到一半,突然把手伸向我:"高爷爷的骨灰。"

我把烟叼在嘴里,从袋子里抓出一把骨灰递给女孩,女孩也叼着烟,把骨灰接了过去。

"哎哟,要是给老爷子看到了,肯定得给你们竖个大拇指,看你俩这豪迈劲,只有我一个人看到,太可惜了。"

"我爸咋的了?""爷爷咋的了?"我俩异口同声地喊了一句。女孩随即哈哈大笑起来,这是我第一次看到她露出这个年纪该有的笑容。随后她把父亲的骨灰举过头顶用力扬了出去。天还没黑,路灯已经亮起,白色的骨灰就在那灯光下被照亮,一粒粒地在飞舞。大概是在巷子里,风被墙壁挡住了,骨灰没有飞走,而是从头顶坠落到了我们三个人的身上。谁都没有把它抖掉,或许是因为我们想的都一样,觉得此刻父亲就在这里,跟活着的我们在一块儿。

"接下来去哪儿?"

鹤寿熄掉烟问我。能去的地方还有很多,但有一处一定要去，就是三五钟表铺。那是父亲晚年常去的地方，那里的人并不计较什么意识形态，始终陪在父亲身边。

"三五钟表铺。"

"那就开车去吧。"

女孩好像也一副理所当然的样子，跟着我们出发了。时间已经过了七点，除了便利店以外，所有的店铺都关门了，求礼只剩下路灯还亮着。我在已经被夜色笼罩的三五钟表铺前撒下了一些骨灰。我想起钟表铺老板鼻子旁边足有小孩拳头大小的肉瘤。就是因为那瘤子，我很不喜欢他，也不喜欢他沉默地埋头对着那些米粒大小的钟表零件。老板的世界圆圆小小的，父亲的世界则像是对荒诞人间的一种抵抗。在我看来这截然不同的两个世界，就因为三五同窗之名，总是相伴在一起。撒下骨灰的时候，我暗自希望他们能像过去一样和睦相处。

我们把车停在了五岔路口。准备下车的女孩好像看到了什么，一下子抓住了我的手。我一头雾水地被她拽着往前走，走到了小超市的对面，也是便利店的对面，五岔路口的正中央，是河东人家的旧址。原来有着洋铁皮屋顶的房子已经不见了，取而代之的是一幢新的建筑，不过地上那奇怪的三角形房屋轮廓还在。女孩向我伸出了手。骨灰只剩下不到半把了。她将那最后一点儿骨灰塞到了我手里,说:"高爷爷说过,姐你在这里对他发脾气了。因为他去拍老板娘的屁股。"

父亲就是这样,很擅长亲口调侃自己的丑事。就这点事,还告诉了这个孩子。

"爷爷还说,当时自己的心情很微妙。说原来这就是做父亲的感觉啊,比面对山里的敌人还可怕,比什么警察、军人、美军更可怕。"

我攥着父亲的骨灰哭了。父亲留下的两份奇异的缘分默默站在我身旁守护着我。他们的影子越来越长,慢慢将我裹住。可能是在手里攥得太久,父亲的骨灰一点儿一点儿变得温暖了起来。

那是我父亲的温度,不是什么游击队员,也不是什么赤色分子,而是我的父亲。

作者的话

《父亲的解放日志》是对我过去自负、执拗生活进行的深刻反思。

我一直自诩生活很努力,但年纪越大,越发现过去的自己做得并不怎样。我傲慢又自私,所以免不了常常犯错。但就算上天给我机会回到过去,我也会拒绝。因为我没有信心承受过去傲慢的自己所带来的羞愧。

今天,我之所以能够忍受羞愧活着,是因为我多少懂得自我反省。朋友们都说我是"反省主义者"和"成长主义者",说我的特长就是自我反省和自我成长什么的。要真说我有什么优点的话,恐怕也就只有这两点还勉强做得不错。这也算万幸了吧?过去我一直这么安慰自己,不过现在回想起来,发现问题就出在这里。

幼年时的我,每天坐在村口的朴树下,望着那条通往镇里新修的马路,想象着外面的世界。少年时的我,每次听到远方传来火车的鸣笛声,就梦想着能够去往那火车的终点首尔。我期待着能够比现在飞得更高,走得更远。我就这么焦急地盼望着长大走出去。后来才发现,身为一个游击队员的女儿,既飞不高,也走不远。但我悲剧的开始,并不是因为我的父母是游击队员,而是因为我想要飞得更高、走得更远的野心。

直到过了五十岁,我才渐渐明白,人并不是必须飞得更高、走得更远,幸福和美好并不在那些更高更远的地方,想要成长的欲望有时反而会阻碍人的成长。

回到故乡才发现,这里充满了各种首尔看不到的美好。这种美好并不只是蟾津江岸边的樱花道、盘若峰上的落日、老姑坛峰上的云海,还有那个说讨厌樱花无情、山茱萸尤心的邻居奶奶;就算我说了不需要还是给我送吃的,坚持说吃饭才能有力气的饭店老板;甚至还有把那些粗韧得难以下咽的野菜拿来卖,骗人说只要煮煮就能变软的老奶奶;以及看到我坐到离厨房最远的角落,呵斥我说又没人为什么不坐近一点儿的小餐馆老板娘(后来才知道她的关节炎很严重)……在这里,充满人情味的人太多太多了。要不是迫不得已,老奶奶又怎么会选择骗人呢?还不是想要吃饱穿暖睡个好觉罢了。人不就是这样的吗?逼得急了就会撒谎,也会对人大呼小叫。

"要不是迫不得已,至于这样吗?"这是父亲常常挂在嘴边的口头禅。当我开始从心里接受这句话之后,才发现世界这么美好。为什么我没能早一点儿听进父亲的话呢……

爸,您的女儿我这些年都白活了。不过,至少赶在六十岁之前醒悟了过来,总比糊涂一辈子要强吧?我愿意接受您把女儿我生得五大三粗的了,也不在意您给了我一个九等中第八等的外貌了,所以也请您原谅女儿这些年的傲慢、无礼和幼稚吧……

谢谢您,爸爸。这么简单的话,连孩子都会说,我却要等到您走了,我也年过花甲了,才终于说出口。不过那有什么办法?谁让我是爸的女儿呢?就把这本书当作我这个没出息的女儿送给您的礼物吧。

郑智我

图书在版编目（CIP）数据

父亲的解放日志 / （韩）郑智我著；林明译.
北京：新星出版社, 2025. 3. -- ISBN 978-7-5133
-5573-5

Ⅰ．I312.645
中国国家版本馆CIP数据核字第20254153P5号

父亲的解放日志

[韩] 郑智我 著；林明 译

责任编辑 汪 欣		**特约策划** 杨 奕 陈梓莹	
特约编辑 倪莎莎 陈菲儿		**营销编辑** 张丁文 刘治禹	
装帧设计 李照祥		**内文制作** 王春雪	
责任印制 李珊珊 史广宜			

出 版 人	马汝军
出　　版	新星出版社
	（北京市西城区车公庄大街丙3号楼8001　100044）
发　　行	新经典发行有限公司
	电话（010）68423599　邮箱 editor@readinglife.com
网　　址	www.newstarpress.com
法律顾问	北京市岳成律师事务所
印　　刷	北京盛通印刷股份有限公司
开　　本	787mm×1092mm　1/32
印　　张	7.5
字　　数	121千字
版　　次	2025年3月第1版　2025年3月第1次印刷
书　　号	ISBN 978-7-5133-5573-5
定　　价	49.00元

版权专有，侵权必究。如有印装质量问题，请发邮件至 zhiliang@readinglife.com

아버지의 해방일지
Copyright 2022© by 정지아
All rights reserved.
Simplified Chinese copyright ⓒ 2025 by THINKINGDOM MEDIA GROUP LTD
Simplified Chinese language edition arranged with Changbi Publishers, Inc.
through 韓國連亞國際文化傳播公司.
This book is published with the support of the Literature Translation Institute of Korea (LTI Korea).

著作版权合同登记号：01-2024-0866